君の秘密

谷崎 泉

IZUMI TANIZAKI presents

ガッシュ文庫
KAIOHSHA

イラスト／高橋　悠

CONTENTS

本作品の内容はすべてフィクションです。
実在の人物・地名・団体・事件などとは一切関係ありません。

君の秘密

新宿《しんじゅく》、歌舞伎《かぶき》町。言わずと知れた高名な歓楽街から少し離れたところに、古びたビルが犇《ひし》めきあうように並び立つ一角がある。古き良き昭和の匂《にお》いが漂うその辺りでは、夜の仕事で糊口《ここう》を凌《しの》ぐ人々が多く暮らしている。ホステス、ホスト、キャバ嬢に風俗嬢。ありとあらゆる水商売が成り立つ歓楽街だからにして、一口に夜の仕事と言っても、その職種は多岐に分かれている。

マルサンビルの最上階である八階で暮らすその人物も、夜の仕事を生業《なりわい》としていた。ただ、こちらの場合、少々特殊な状況下にあるので、生業であるとまでは言えないかもしれない。

細長い割り箸みたいな形のマルサンビルは五階まではテナントが入り、六階から上は住居として貸し出されている。八階には居室が一つしかなく、3LDKという間取りは一人暮らしには十分過ぎる広さのように思えるが、実際のところは非常に手狭な状況だ。

というのも、住人の荷物が多すぎるのと、居候がいるせいだ。だが、居候は身一つ同然で住まっていることから、やはり、住人の所持品が原因だろう。オタク傾向のある住人は色んな物を集めたがる癖があり、捨てられない性格でもある。三つある個室の内、二部屋は倉庫同然に物が詰め込まれており、一部屋は住人の寝室だ。居候は物が溢《あふ》れたリビングダイニングに置かれたソファで寝泊まりしていた。

午後三時。着信を告げる電子音が薄暗い部屋に響き始める。遮光カーテンを年中閉めきってある部屋は、照明を点《つ》けなければ昼間でも暗い。毛布を頭から被ってソファに蹲《うずくま》っていた居候は、何処《どこ》かで鳴っている携帯を探そうと、音のする方へ手を伸ばした。

「……………」

だが、辺りに物が多すぎるせいで、手探りではさっぱり分からない。電話をかけて来ている相手が諦めてくれればいいのだが、鳴り止みそうにはなく、渋々毛布から顔を出して目ぼけ眼で周辺を見回した。

寝る前に確か…と、おぼろげな記憶を紐解《ひもと》いて、ソファの下を覗《のぞ》く。微かに光っている物体を見つけ、ほっとした気分で手を伸ばす。しつこく電話をかけて来るような相手の予想はついていて、表示されている名前を見て、溜め息を吐いた。

何かあったっけ…と予定を思い出そうとするが、まだ酔いが残っているのか、頭が働かない。気は進まないが、放置すれば事態がややこしくなりかねないのを分かっているので、渋々携帯を開いてボタンを押した。

「…はい」

『今、何処？　研二《けんじ》は一緒？』

「あー…家です。部屋で寝てるんじゃないすか」

『うっそ、まだ家なの？　何してるのよ！　今日は「人の気も知らないで」の収録がある日でしょう？　すぐに起こして連れて来て！』

「……。了解」

ものすごい剣幕で捲《まく》し立ててくる相手に言い返す気力はなく、深い溜め息を吐いて通話を切った。ソファに座り直して、二日酔いで重い頭をしばし抱えた後、意を決して立ち上がる。まずはリビングの照明を点け、キッチンへ回り、冷蔵庫を開けた。冷えたペットボトルを取り出し、キャップを捻《ひね》って口をつけながら、家主である「研二」の寝室へ向かう。

三部屋ある居室の中でも一番広い十畳ほどの部屋を「研二」は寝室として使っているのだが、その大部分をクイーンサイズのベッドが占領しており、ベッド以外の僅《わず》かな隙間部分も衣類や物で溢れ返っているので、リビング同様に足の踏み場もない状態だ。とても中へ入る気にはなれず、廊下から通じるドアを開け、暗い部屋の中へ声をかけた。

「おい、タケ！　今日、収録あるんだって。光代《みつよ》さんから電話あったぞ」

「……」

「すっぽかすとまた怒られんぞ。起きろよ！」

「……」

大声で呼びかけてみるものの、全く反応はない。死んだように寝ているのも無理はない。朝七時まで飲んでいて、部屋に帰って来たのは八時前だった。本当は自分から起きてくるまで放置しておきたいものの、電話をかけて来た相手に喧々囂々《けんけんごうごう》と非難されるのは目に見えている。その上、厄介なのは、自分自身が生来の責任感の強さを捨てきれないところだ。

起きろとドアの近くから繰り返しても身動《みじろ》ぎする気配すらないのに溜め息を吐き、部屋の壁を叩《たた》いて電気を点ける。白光に晒《さら》された光景は目を覆いたくなるばかりのもので、自然と眉間に皺《しわ》が浮かんだ。

　部屋の殆《ほとん》どを占める巨大なベッドの上には一糸まとわぬ裸体が転がっている。それがうら若き美女であれば悪くないなと思えるけれど、相手は三十五歳のおっさんだ。その上、百八十センチを超える長身の上、体重は百キロ超えという巨体である。運動嫌いのぶよぶよとした身体が裸で背を向けている様は、まるでトドかセイウチのようだった。

　せめてもの救いは下腹部辺りにタオルケットがまとわりついていることだろうか。真っ裸になって寝る癖のある家主は腹が冷えるのを恐れて、いつもタオルケットを巻いていた。ならば、裸にならなければいいと思うのだが、本人にとっては具合が違うらしい。それにタオルケットなどよりもずっと分厚い脂肪を纏《まと》っているのだから平気なんじゃないかと思いつつ、煌々《こうこう》と照らす照明にも全くめげずに寝ている相手に「起きろ」と呼びかけた。

　しかし、相変わらず反応はなく、大きな溜め息を吐いて、最終手段に出る決心をする。気乗りはしないが、時間がない。床に散らばった衣類や雑貨を踏みつけてベッドの傍まで近づき、足先で巨体を蹴飛《けと》ばす。

「おい、タケ！　お…」

　起きろ…と繰り返しかけた時だ。熟睡していると思っていた相手がふいに振り返って手を伸ばして来た。何をしようと考えているのかは読めており、さっと交わしてベッドの上へ飛び移る。

「起きてんじゃねえか」

「っ…もう、秀《しゅう》ちゃんたら、すばしこいわね」

油断をさせて捕まえようとしていた計画が頓挫《とんざ》し、悔しげに唇を噛《か》むのは、家主である武山《たけやま》研二…通称、タケコだ。巨体を揺らしてベッドの上に座り直したタケコを、ベッドの上に立った居候…伊吹《いぶき》秀は冷めた目で見下ろす。

「何考えてやがんだ。光代さんから電話って、聞こえてんなら起きろよ」

「何考えてるって、一つしかないじゃない。今日こそあたしの想いを受け止めて、秀ちゃん！」

「バカ。さっさと用意しろよ。行くぞ」

裸で訴えてくるタケコを険相で切り捨て、伊吹はベッドからひらりと飛び降りて寝室を出る。飲みかけのペットボトルをキッチンカウンターの上に置いて、洗面所へ顔を洗いに行くと、タケコが裸で現れた。

洗面台の向かい側にある浴室のドアを開けながら、目の下に黒いクマを浮かべたタケコは鏡越しに伊吹に訴える。

「あー…なんか怠《だる》いわ〜。今日、キャンセル出来ないかしら」

「俺はいいけど、光代さんがヒス起こすぞ」

「あの女にも困ったものよねえ。…ちょっと、秀ちゃんの携帯、鳴ってるんじゃない？」

顔を拭いた伊吹はタオルを戻し、タケコの指摘に頷いてリビングへ戻った。光代が催促の電話をかけて来たのかと思ったが、ソファの上に放り投げたままの携帯を手にすると、「沢口《さわぐち》」という名前が表示されている。用件は分かっていて、光代とは違って気軽な気分で電話に出た。

『秀ちゃん〜？　今日ってテレビ東都《とうと》で収録だったわよねえ？』

柔らかな物言いで確認して来る沢口に、伊吹は「みたいだな」と答える。沢口はタケコの友人で、売れっ子のスタイリストだ。タケコがテレビ出演する時にはスタイリスト兼ヘアメイクとして現場に来て貰っている。

『タケコは？　起きてる？』

「今、風呂入ってる」

『じゃ、あたしも今から行くわ。向こうで会いましょうね』

「よろしく」

テレビ局への出入りも多い沢口との話はすぐに終わり、時間を見て、風呂へタケコの様子を窺《うかが》いに行った。水音のする浴室のドアを叩き、沢口からの電話だったと告げる。

「ぐっさん、今から行くって」

「分かった〜。あたしも早くする〜」

「タクシー、呼ぶぞ」

タケコの返事を聞いて、浴室を離れた伊吹は携帯でタクシー会社へ連絡した。十五分後に来て貰うように頼み、タケコに着せる服を寝室へ発掘しに行く。タケコに任せておいたら身支度するのに三時間はかかる。どうせテレビ局で着替えるのだから、何でも構わないのだ。適当なジャージ上下を見つけて寝室を出ると、また携帯が鳴っている音が聞こえた。

「…はい」

ジャージを手にしていたので、相手を見ずに電話に出た。すると、「起きたの？」と険のある声で光代が聞いて来る。

「今、風呂入ってます。…あと…一時間以内には行けるかと」

『とにかく、急がせて。休憩なんかさせちゃ駄目よ。煙草も駄目。一本で済まなくなるんだから。お風呂から出たらそのまま車に乗せて！』

「…了解」

光代の要求は横暴なようでも、タケコをよく知る人間ならではのものだ。渋面で返事をして通話を切った伊吹は、携帯をポケットに入れて浴室へ向かった。ドアを開けると、タイミングよく洗い場からタケコが出て来る。

「ほら、着替え」

「えー。そんなジャージでテレビ局なんて行けないわ」

「どうせ着替えるんだろ。それにこっちの方が目立たない」

「そうかしらねえ。それより、秀ちゃん。お風呂入ったら疲れちゃった。喉《のど》も渇いたし、ちょっと休憩…」

「お前の休憩は長いから、風呂から出たらそのままタクシーに乗せろって、光代さんから電話があった」

「…鬼ね。あの女」

ふんと鼻先から息を吐くタケコにジャージを投げつけ、伊吹は浴室のドアに凭《もた》れかかって急かす。早くしろと繰り返すのはうんざりするが、言わなければタケコは動きを止める。今はテレビ局まで連れて行くのが自分の使命だと信じることにして、伊吹は口うるさくタケコを急かし続けた。


渋々ジャージに着替えたタケコを連れた伊吹がビルを出ると、電話で頼んだタクシーが既に待っていた。顔馴染みの運転手が開けてくれるドアからタケコを押し込み、「テレビ東都まで」と行き先を告げる。タケコはどんな短い距離でもタクシーを使うので、贔屓《ひいき》にしているタクシー会社にはタケコ担当の運転手がいるのだ。

「今日は何の収録だい?」

「何だったかな……確か、人の気も…」

「知らないで、よ。ふざけた番組名よねえ。正しく、今のあたしがそんな気分。ほっんとにあの女、人の気も知らないで、休憩させるなとかよく言うわよねえ」

「光代さんも同じこと、言うと思うぞ」

「まっ、秀ちゃんたらあの女の肩を持つつもりなの?」

大仰に眉を顰《ひそ》めて口元に手を当てるタケコに渋面を向け、伊吹はやれやれといった気分で窓に肘《ひじ》をついた。テレビ局に着けば、光代もいるし、沢口もいる。自分の役目は終わったも同然だと安堵《あんど》する伊吹を、運転手が「大変だねえ」と労った。

「タケコさんも売れっ子だから。年末に向けてどんどん忙しくなるんじゃない？」

「そう言えば…光代さんがそんなことを言ってたな…」

「冗談じゃないわよ。これ以上、あの女のいいようにされてたまるもんですか。ちょっと、秀ちゃん。ここはマネージャーとして仕事を選んでよね！」

「でも、そのマネージャーって、光代さんが決めたことだからな」

あの人には逆らえないんじゃないか…と冷静に答える伊吹に、タケコは憤慨して、自分の本業がどんどん遠のいていくと訴えた。確かに、タケコの現状は本業から遠ざかりつつあるが、それが悪いのかどうかは判断しかねるところだ。

「タケコさんの本業って……作家だったっけ？」

「違うわよ。エコノミストです！」

「エコノ…？」

「経済学者なの、あたしは！」

博士号だって持ってるんだから！　とタケコは自慢するけれど、実際の暮らしには全く役に立っていない。いや、全くというのは言い過ぎか。テレビ番組に出演する際は、エコノミストという肩書きがついたりする時もあるので、少しは役に立っていると言えるのかもしれない。ただ、タケコに「エコノミスト」であることを求める人間は、制作側にも視聴者側にも一人もいないという哀しい事実もある。

　今のタケコは女装家の辛口コメンテーターとして、世間一般で広く知られている。経済学の博士号を取得したものの、希望する研究職に就けなかったタケコは、講師などで食いつなぎながら、夜は女装家として活躍していた。物心ついた時から自分の性癖を理解し、大学に入る頃には密かに女装を趣味としていたタケコには、夜の街へ女装して繰り出すのが生き甲斐と言っていいほどの楽しみだった。

　最初は女装バーの常連客だったのが、面白い客がいるというので評判になり、いつしか客を迎える側になっていた。それが夜の世界を超えて有名になり始めたのは、二年ほど前からだ。とある理由でテレビの深夜番組に出演したのがきっかけとなり、次々と出演依頼が舞い込むようになった。

「実際のところ、これで飯食えてんだから、いいじゃねえか」

「それはあたしだって有り難く思ってるわよ。でもね、あたしはどう転んだって珍獣よ。珍獣はいつか飽きられて捨てられるものよ」

「上野《うえの》のパンダはまだ行列が出来てるってよ」

「パンダってより、トドだけどな」

　運転手と一緒になってからかう伊吹にタケコが憤慨していると、テレビ局が近づいて来た。六本木《ろっぽんぎ》にあるテレビ東都の社屋内にあるスタジオで番組が収録される。正面玄関につければいいかと聞く運転手に、伊吹が答えようとすると、タケコが横からすかさず口を挟んだ。

「地下の車寄せに回して頂戴」

「正面の方が近いぞ」

「だから、言ってるじゃないの、秀ちゃん。あたし、ストーカーされてるのよ！」

真面目な顔でタケコが訴えるのを聞き、伊吹は「ああ」と低い声で相槌《あいづち》を打った。タケコはここしばらくの間、外出する度に視線を感じると怯《おび》えている。だが、いつも一緒にいる伊吹が怪しげな人影を見たことはないし、実害もない。

だから、自意識過剰なのではないかと訝《いぶか》しんでいるものの、タケコはかなり真剣だ。

「タケコさんもそんな輩が出るようにまでなったのかい」

「本当に困ってるのよ。いきなり襲われたりしたらどうしようかって」

「お前を襲えるような根性と体格の持ち主は日本にはいないから安心しろ」

「秀ちゃん、本気にしてないのね？」

本当に見られてるんだから！　とタケコが一人で騒いでいる内に、車はテレビ局の地下へ入って行った。地下へは基本的に関係者以外の立ち入りが制限されており、警備員のチェックを受けなければ入れないようになっている。チェックポイントで番組名と出演者である旨を告げ、車寄せへタクシーを停めた。

運転手に礼を言い、支払いを済ませて車を降りる。伊吹はそのまま出入り口へ向かおうとしたのだが、タケコが背後から抱きついて来たので、危うく転びそうになってしまった。

「っ…何すんだよ…⁉」

「しゅ、秀ちゃん…っ…！　ここにもいるっ！」

険相で振り返れば、タケコの怯えた顔が目前まで迫っていて、伊吹にとってはそっちの方が恐怖だった。思わず、怒鳴ってしまいそうになるのを耐え、素早く周囲を見回す。警備員に、搬入業者。続けて停まったタクシーから降り立ったのは関係者と思しき人物で、怪しげな人影は何処にも見当たらない。

「…誰もいないぞ」

「でも、視線を感じるのよう！」

「分かった、分かった。とにかく、中へ入れ」

関係者しか立ち入れない場だから、タケコの風体や喋《しゃべ》りを訝しく思うような人間はいないだろうが、必要以上に目立ちたくはない。タケコの巨体を後ろから押して建物内へ押し込む。伊吹も入る前にもう一度チェックしてみたが、やはり不審人物は見当たらず、タケコの被害妄想なのではないかと思え始めていた。

タケコの為に用意された楽屋では先に到着した沢口が待っていた。地下から楽屋までの間、伊吹にストーカーだと延々訴えていたものの、相手にされなかったタケコは、沢口を見るなり派手に泣きついた。

「ぐっさん、聞いて〜。あたし、狙われてるの〜」

「ええっ。あんたを狙うような物好きがっ⁉」

「あんたも大概ね」

　慰めの言葉を期待したものの、伊吹と同じような悪態を即座に返され、タケコはさっと泣き顔を止める。沢口が自分と同じ意見だと知った伊吹は、肩を竦《すく》めて状況を説明した。

「誰かに見られてるって言うんだが、別に怪しい人影はないし、具体的に何かされたわけでもない。こいつの被害妄想っぽいんだ」

「被害妄想なんて！　ひどいわ、秀ちゃん。本当に見られてるのよ。あたし、そういうのに敏感なんだから、絶対、本当よ！」

「あんた、あっちの世界が見えるようになったんじゃない？」

「あっちってどっちよ」

「その内、背後霊だの、地縛霊だの、言い出すかも〜」

「いや〜。やめて〜。あたし、オカルトとか超苦手なのよ〜」

　ストーカーよりもそっちの方が断然怖いと、沢口の指摘にタケコは顔を青くする。キャーキャー騒ぐオカマ二人をよそに、伊吹は楽屋の畳に寝そべって置いてあった新聞を広げた。タケコをテレビ局まで連れて来るという仕事は終わった。後は、収録が終わるのを待って、連れ帰るだけだ。

そんな呑気《のんき》な気分で三面記事を読み始めた時、楽屋のドアがノックもなしにいきなり開いた。

「ちょっと、何してんの？　早く用意しなさいよ！」

突然現れ、挨拶《あいさつ》もなしに命じるのは、タケコを早く連れて来いと伊吹に命じていた光代だ。女性にしては大柄な光代は、身長が百七十を超えているが、目方もかなりある。長い髪をまとめ上げ、豊満な肉体をスーツで包んだその姿は貫禄《かんろく》に溢れたものだ。かつては美人であった名残が顔立ちに残っているものの、気のきつさが滲《にじ》み出たその目で睨まれれば、大抵の人間は逆らえない。

テレビ東都の敏腕プロデューサーとして名高い光代には、もう一つの顔があった。

「今着いたとこなのよ。本当にあんたって昔っからせっかちよねえ。早く、しか言えないの？」

「あんたが昔から愚図だからでしょう？　言われたくなきゃ、さっさとすればいいじゃないの」

「まあまあ、タケコも、お姉さんも。あたしがすぐに綺麗《きれい》にしてあげるから。ね」

光代とタケコの口喧嘩が始まると長くなるのを分かっている沢口は、和やかな笑みを浮かべて間に入る。緊張の走る三人を寝そべったまま眺めながら、伊吹はそれにしてもよく似ているなと感心していた。

光代はタケコの実の姉だ。タケコがテレビに出るようになったのは、光代がプロデューサーを務めていた番組で、急病の為に来られなくなったゲストの代わりに出演したのがきっかけだった。二人は揃《そろ》って口が悪く、とても仲がいいようには見えないのだが、何のかんの言っても姉弟の絆はしっかりしている。タケコは光代の頼みを断らないし、光代もタケコのことをいつも心配している。

「今回は特番扱いだけど、春辺りからレギュラーでいけるんじゃないかって話もあるのよ。そうなったらあんたもレギュラーで入れるんだから。しっかりやりなさいよ」

「あたしは別にレギュラーなんて欲しくないわよ。今の暮らしで十分」

「何言ってんの。稼《かせ》げる時に稼いでおかないと。…それと、伊吹くんもマネージャーとしてちゃんとスケジュール管理してよね。ちょっと、聞いてる?」

「…はい」

光代にぎろりと睨まれた伊吹は畳についていた肘を外し、起き上がってあぐらをかいた。一応、背筋は伸ばして、真面目に話を聞いているような姿勢は取ってみせる。

「これから年末に向けて忙しくなるんだから。新しく入ったスケジュールは明日にでも送るわ」

「ちょっと、あんた。人のスケジュール勝手に決めないでよね。あたしだって色々忙しいんだから」

「あんたの予定なんてオカマバーで飲んだくれるくらいでしょ」

「ま、失礼ね!」

再び、言い合いになりそうになったところへ、光代の携帯が鳴り始めた。とにかく早く！　とお決まりの台詞を残して、慌ただしく楽屋を出て行く。ようやく静かになるかと思いきや、今度はタケコと沢口による光代の悪口合戦が始まって、伊吹は大きな溜め息を吐いて再び寝転んだ。


二時間枠の特番だったこともあり、収録が終わったのは深夜十二時を過ぎた頃だった。ほぼ昼夜逆転の生活を送っているタケコには活動時間帯でもあるから、日の出ている間より元気がある。沢口も一緒に飲みに行こうという話になり、三人で局の正面玄関から外へ出た。いつもはタクシーがすぐに来るのだが、偶々《たまたま》出払ってるとのことで、常駐している警備員がしばらく待ってくれと言う。

「ルクレツィア姉さん、席用意しておいてくれるって」

「タケコ、今日は飲み過ぎるなよ。酔い潰れたら置いていくからな。…タケコ？」

沢口が店を押さえてくれたと聞いた伊吹はタケコに注意を促したのだが、いつもなら即座に言い返して来るタケコが無言なのが気になって、振り返る。すると、タケコは怯えた顔で辺りを見回していた。

また視線を感じているようで、伊吹もさすがに心配になって来て声をかける。

「…またか？」

「怖いわ。秀ちゃん…」

伊吹自身、身長が百八十を超える逞《たくま》しい体格の持ち主であるが、そんな自分よりも身長も体重も勝っているタケコが気弱に縋《すが》ってくるのに溜め息を吐いた。沢口にタケコを見ているように頼み、周辺を確認しに向かう。

テレビ局には二十四時間、人の出入りがあるが、深夜となればさすがにその数は少ない。正面玄関付近には伊吹たちと警備員以外には人気はなく、やはり気のせいではないかと思いかけた時だ。

「……？」

暗がりの中で人影が動いたように見え、伊吹はそちらへ駆け出した。すると、逃げて行く人影が見えて、足を速める。タケコをストーカーしている人間が本当にいたのだと驚きながらかけていく内に建物の角を回り、その際、相手の背中が確認出来た。黒っぽい服を着て帽子を被った姿は男のようだとは分かったが、顔は見えない。

「おい！」

声をかけながら追いかけたけれど、相手の足が速くて追いつけなかった。テレビ局の敷地を出た辺りで見失い、伊吹は息を切らして舌打ちする。前はもっと走れたのに、身体が気持ちに追いつかなかった。この数年続けている不摂生が祟《たた》っているのは明らかで、反省しつつタケコたちの元へ戻った。

「秀ちゃん！　どうだった？」

「悪い、逃げられた」

「ほらね、あたしの言った通りだったでしょう?」

「みたいだな」

悪かったと詫《わ》びる伊吹に、タケコは怯えの色を残したままの顔で沢口に寄りかかりながら訴える。全速力で逃げて行ったのは疚《やま》しさがあるからに違いない。気のせいだとあしらって来たけれど、真面目に取り合ってやる必要がありそうだと伊吹は思い直した。

「とにかく、場所を変えよう」

伊吹が不審な人影を追いかけている間にタクシーが来ていた。タケコと沢口を後部座席へ乗せ、伊吹は助手席へ乗り込む。新宿までと伝えて、発進する車の中からも周辺を窺っていたが、タケコを狙う人物の影は見つけられなかった。


タクシーに乗ったタケコは安心したのか、鼻息荒く、気のせいだと言い続けていた伊吹を声高に非難した。その目で不審者を確認した伊吹に反論はなく、憤慨しているタケコに適当な相槌を打ちつつも、何か対策を考えなければと頭を悩ませていた。

古くからの馴染みであるルクレツィアの店に着いたのは午前一時半を過ぎた頃だった。ルクレツィアは業界でも古参のオカマで面倒見がよく、気も優しいので、彼女を慕う者たちがいつも多く集っている。真夜中だというのに盛況の店内では席がなくて立ち飲みしている客も多くいて、中へ入るのも一苦労するほどだった。その上、有名人というだけでなく、ルクレツィアの店では「顔」であるタケコに、客たちから次々と声がかかる。

「ちょいと、おタケ。先週のテレビ、見たわよ。太って見えたわよ～。あの服」

「太って見えたんじゃなくて、実際、太ってんじゃないの」

「ま、失礼ね～。服はぐっさんが選んでるのよ。文句はぐっさんに言って頂戴」

軽口に応えるタケコはいつも通りで、堪えている様子は見えない。知り合いばかりの店に着いたことで安心したのだろう。伊吹もタケコを心配する必要はなくなり、さっさと人混みを掻《か》き分けてカウンターへ向かい、沢口が確保していた席に座った。

「秀ちゃん、いらっしゃあい。今日もいい男ねえ。ビールでいい?」

「ああ。ヒラリーは?」

「風邪引いちゃって、休みなのよう。だから、てんてこ舞い」

いつもカウンター内でママのルクレツィアを手伝っているヒラリーの姿が見えないのが気になって尋ねると、休みだという返事がある。「手伝おうか?」と申し出る伊吹に、ルクレツィアは大喜びして礼を言った。

「ありがとう～。秀ちゃん、助かるわ～」

タケコの行きつけであるルクレツィアの店は伊吹にとっても馴染みの場所だ。多忙な時などはヒラリーがいても手伝うこともある。慣れた様子でカウンター内へ入り、ルクレツィアの指示を聞いて飲み物の用意をしていると、タケコが遅れてやって来た。

「ママ。秀ちゃんの時給は高いわよ〜」

「何ケチくさいこと言ってんのよ。売れっ子コメンテーター様が！」

「違います、エコノミストです」

「ぐっさんは？」

「トラオがいたから向こうで話してるわよ。秀ちゃん、あたし、取り敢えずビール」

煙草を取り出しながら飲み物を頼み、タケコはルクレツィアを相手に早速愚痴を始めた。最近、見られているような気がして、ストーカーじゃないかと危ぶんでいたのに、伊吹は取り合ってくれなかったのだと愚痴るタケコに対し、ルクレツィアは伊吹の肩を持つ。

「あんたをストーカーする物好きがいるとは思えないわ〜。妄想じゃないの」

「違うのよ！　違ったの！　ねえ、秀ちゃん！」

鼻息荒く同意を求めるタケコに、伊吹は気まずい顔で「ああ」と頷く。実際、それらしき姿を見かけた今は、気のせいだとあしらうことは出来ない。カウンター越しに飲み物の注文を受けながら、伊吹はルクレツィアに先ほどの状況を説明した。

怪しげな人影を見つけ、追いかけたが捕まえられなかったと言う伊吹に、ルクレツィアは信じられないという顔つきで首を捻る。

「本当にタケコ目当てなの？　狙われてるのは秀ちゃんじゃないの？」

「俺なんかストーカーしてどうするんだよ？」

「タケコよりは可能性あるわよ〜。秀ちゃん、格好いいんだもの」

「ほんっと失礼ね～。狙われてるのはあたしだって言ってんでしょう?」

「でも、いいじゃないの。あんたには秀ちゃんがついてくれてるんだから。安心よお。なんたって秀ちゃんは…」

ルクレツィアが言おうとした続きを奪うように、タケコが「お姉さん!」と強い調子で呼びかけた。それではっと気づいたルクレツィアは慌てて伊吹に「ごめんなさい」と詫びる。伊吹にとっての禁句を口にしてしまいそうになったのを後悔したのか、ルクレツィアは空いた食器を下げて来ると言い、そそくさとカウンターの外へ出て行った。

気まずそうな顔で煙草を吸うタケコを、伊吹は低い声で窘《たしな》める。

「姉さんに悪気はないんだ。言い方がきついって」

「だって…」

唇を尖《とが》らせるタケコに、伊吹は苦笑して、何か食べるかと聞いた。収録前に楽屋で弁当を食べたが、それから随分《ずいぶん》経っている。何でもいいから出して欲しいと言うタケコに頷き、伊吹は奥にある調理場へ入った。極小のキッチンしかない調理場だが、簡単な軽食なら作れる。冷蔵庫に焼きそばがあるのを見つけ、伊吹はタケコに意見を聞こうとカウンターに顔を出した。

「焼きそばがあったけど…」

それでいいかと聞こうとした伊吹は、タケコがまた怯えた顔で辺りを見回しているのを見つけ、手にしていた焼きそばを冷蔵庫へ戻す。どうした? と聞く伊吹に、タケコはカウンターテーブルに身を乗り出して、「いるわ」と声を潜めて伝える。

「店の中に…いるってことか？」

「だと思う。何処からか分からないけど…見られてる気がするのよ！」

テレビ局でのことがある前だったら、気のせいだと相手にしなかっただろうが、状況が変わった。伊吹はカウンターの内側から店内へ視線を走らせ、タケコを見ている人間を探す。コの字型のカウンター席には十五名ほどが座れるようになっているが、タケコ以外はカップル客で互いの顔しか見ていない。十席ほどあるボックス席はグループ客で埋まっており、皆がそれぞれに話し込んでいる。

後は通路や壁面などを占領している立ち飲み客だが…ぎゅうぎゅう詰めに近い状態だから、誰がタケコに視線を向けているのかはすぐに分からなかった。だが、慎重に様子を窺っている内に、出入り口に近い壁際で怪しげな動きをしている男がいるのを見つけた。

伊吹はタケコに動かないよう指示を出し、それとなくカウンターの内側から客席側へ出る。客の応対をするふりをして男に近づいて行ったが、相手は伊吹の動きに気づき、出入り口へ向かって移動を始めた。今度こそ逃がさないという思いで、伊吹は常連客ばかりの店内へ声をかける。

「そいつ、黒い上着の奴！　捕まえてくれ！」

「えっ、誰のこと？」

「何？　どうしたの？」

伊吹の声に店中の客が一斉に反応し、彼が指さす方向へ視線を向ける。タケコのストーカーと思しき男は慌てて店から出て行こうとしたが、常連客の結束には勝てなかった。所作や格好はともかく、本来は屈強な男たちばかりだ。あっという間に客たちに取り押さえられ、伊吹の前に突き出される。

「秀ちゃん、どうしたの？」

騒ぎに気づいて飛んで来たルクレツィアと共に、伊吹は両腕を捕まえられている男と対《たい》峙《じ》した。深く被った帽子で顔は見えなかったが、身体つきは細身で、身長もさほど高くない。タケコに比べたら子供のような体格だ。

こいつがタケコを…？　訝しい思いで、伊吹は男の顔を見る為に、彼が被っている帽子を取り上げた。

「……」

「あら。可愛《かわい》い子じゃないの」

言葉が出て来なかった伊吹に代わって、隣からルクレツィアが感想を口にする。可愛いという形容が合っているかどうかは伊吹には分からなかったが、確かに見目のよい顔立ちをしていた。全体的に小作りで目鼻立ちもすっきり整っている。年齢は三十前後。全体的に清潔感のある雰囲気は誰からも好まれるものだろう。

容貌《ようぼう》だけを見れば、とてもタケコをストーカーするような輩には見えなかった。いや、タケコだけでなく、他の誰であってもストーカーという行為には遠いように見える。余りにも想像していた人物と違いすぎて、伊吹は男をじっと見つめたままでいた。

そんな伊吹をよそに、男は眉を顰《ひそ》めて自分を拘束している相手に「離して下さい」と訴える。その声を聞いた伊吹ははっとして、軽く咳払《せきばら》いをした。

「…テレビ局から尾けて来たのか？」

「……」

低い声で尋ねた伊吹に答えず、男は渋面のまま、迷うように視線を揺らす。少し考える様子を見せてから、「すみません」と殊勝な態度で頭を下げて詫びた。

「理由を…説明させて下さい」

否定しないところを見ると、タケコが感じていた視線というのはこの男のものだったのだろう。男はすっかり観念しているようで、逃げ出す様子もない。伊吹が店主であるルクレツィアに意見を仰ぐと、トラブルは慣れっこでもあるオカマバーのママは鷹揚に、話だけでも聞いてあげたらと言う。

伊吹は男を一瞥《いちべつ》してから、取り押さえていた客に礼を言って、手を離すように頼んだ。自由になった男の腕を伊吹自らが掴《つか》み、ルクレツィアと共にカウンターの方へ連れて行く。カウンターの一席で巨体を小さくして様子を窺っていたタケコは、伊吹が連行して来る男を見て、意外そうに目を丸くした。

「…この子？」

「みたいだぞ」

「嘘〜」

タケコ自身、自分をストーカーするような相手だからと、相当癖のある人間を想像していたに違いない。現れたのが普通…というよりも、どちらかと言えば小綺麗な青年だったのに驚いている様子だった。

伊吹によってタケコの前へ突き出された男は、一瞬、顔を強張らせた後、意識して作ったような表情を浮かべた。申し訳なさそうな…けれど、どきどきしているという緊張感も醸《かも》し出し、タケコに対し、深々と頭を下げる。

「すみません、タケコさん。俺…タケコさんの大ファンで…つい、ストーカーみたいな真似をしてしまって…」

タケコはテレビにも出演する有名人で、ファンも多い。世間で認知されている女装姿で街を歩けば、多くの声がかかるし、写メも撮られまくる。それはタケコだけでなく、伊吹もルクレツィアも認知していたが、目の前で頭を下げている男が大ファンだというのには、揃って首を傾《かし》げた。

「大ファン？」

「あんたが、タケコの？」

「マジか？」

男の外見や雰囲気は、「タケコのファン」としての定義から大きく外れていた。歯に衣着せぬタケコのトークに共感するのは、一般的に女性で、男性のファンというのは少ない。

女装した巨体のオネエを好きだという男はかなり希少な存在だ。その上、ストーカーするような…言ってしまえば、変質的な要素を持つファンには、とても見えなかった。

タケコ自身も含めて、三人が訝しげに見ているのも構わずに、男は真面目な顔で自分の思いを熱心に語り始めた。

「タケコさんの出てる番組は全部見てますし、著作も拝見してます。タケコさんの知的でありながら、鋭い視点には本当に感心してて…憧れてます。こうしてご本人とお話出来るなんて…感激です」

俄《にわか》に信じがたい気がしても、清潔感ある男前の青年に羨望《せんぼう》の目を向けられるのは、タケコにとって悪くなかったらしい。視線を感じると怯えていた時とは百八十度違う顔つきで、

「そうなの?」と小鼻を膨らませる。

「タケコさんってどんな人なんだろうって考える内に、ご本人に会いたいという気持ちが強くなって……テレビ局に出入りするのを見させて貰ったりしてたんです」

「やっぱり、お前か。逃げて行ったのは」

テレビ局で怪しい人影を見つけて追いかけたものの、逃げられてしまった。腕組みをして迷惑そうな顔で見る伊吹に、男は小さく頭を下げて詫びた。

「すみません。追って来られたので…つい…。俺のせいで…タケコさんに心配をかけてたなんて…申し訳ないです」

「違うのよ。心配ってほどじゃなくって…ほら、あたし、この通りか弱いじゃない? 恐

がりなところがあるのよねえ」

「あんたのどこがか弱いのよ」

呆《あき》れた口調で突っ込むルクレツィアを無視し、タケコは男を自分の隣へ座らせた。すっかり気を許している様子なのを見て、伊吹が「おい」と声をかけたが、タケコは取り合わない。

「名前は？」

「行司《ぎょうじ》といいます」

「行司…って、お相撲《すもう》さんとかの？」

「はい。同じ字です」

珍しい名前ねえ…と感心するタケコはついさっきまで、視線を感じると怯えていたのを忘れてしまっているようだ。そもそも、タケコはその性癖故に、男には甘い。しかも、若くて見目のいい男が、ストーカーするほどの大ファンだというのだから、尚更なのだろうとは理解出来るものの、伊吹は何処か解せない気分だった。

それも行司と名乗った男が、タケコの大ファンというのが、どうも信じ切れないでいたからだ。タケコを見る目や表情、態度や言葉遣いもファンらしくしているけれど、行司には不自然な印象がある。演技なのではないかと疑いたくなるものの、ファンを装う理由というのが思いつかなくて、伊吹はタケコに強く言えなかった。

どうしたものかと悩んでいる内に、飲み物の注文が溜まっていた。カウンター内へ戻ったルクレツィアが忙しそうにしているのを見て、伊吹も再び手伝いに入る。ルクレツィアの指示を仰いで飲み物を作りつつ、タケコと行司の会話に耳を澄ませていた。

「タケコさんとこんな風に並んで座らせて頂けるなんて…本当に夢みたいです」

「ま、夢みたいなんて。行司くんみたいに可愛い男の子はいつでも大歓迎よ～」

「え…でも、タケコさんには……」

恋人がいるんじゃないかと、行司は意味ありげな目で伊吹を見る。その視線に気づいた伊吹は、顰《しか》めっ面で首を横に振って否定した。

「違うぞ。俺とタケはそんな関係じゃない」

「じゃ、どういう関係なんですか？」

「……」

すかさず聞いて来る行司の問いは用意してあったようにも思えるもので、伊吹は違和感を覚えて眉を顰めた。だが、タケコは何も感じてないらしく、溜め息を吐きながら肩を落とす。

「秀ちゃんと『関係』を結べたらどんなにいいか…。果たせぬ夢よねえ」

「恋人では…ないんですか？」

「違う。……マネージャーだ」

確認してくる行司に、伊吹はきっぱり否定した後、無難だと思われる答えを返した。らしき仕事もしていないし、光代に任命されただけで自覚もないが、恋人よりはずっと現実に近い説明だ。伊吹の答えを聞いた行司は、また、即座に問いを重ねて来る。

「では、芸能事務所の方なんですか？」

行司の物言いは好奇心から聞いているというのではなく、一つずつ事実を確認しているような…事情聴取の類いを彷彿《ほうふつ》させるものだった。やはり、何かが違う。心の中に芽生えた不信感が伊吹の目つきを鋭くさせる。

それに行司はすぐに気がつき、慌てたように質問を撤回して詫びた。

「すみません。タケコさんのことが何でも知りたいので…つい、突っ込んで聞きたくなってしまって…」

「あら、いいのよ。別に謝ることじゃないわ～。あたしは芸能事務所とか、そういうのに所属はしてなくて、個人でやってるのよ。秀ちゃんはあたしの大事な人で、色々助けて貰ってるの」

「…大事な人とか、言うな。誤解を招くような言い方はよせって、いつも言ってるだろう」

「やだ、秀ちゃんたら照れなくてもいいじゃない。大事な人ってのは事実じゃないの。あたしたち、一つ屋根の下に暮らしてるんだし」

伊吹は渋面でタケコを注意したものの、膨れっ面で言い返された上に、余計なことまで暴露される。一つ屋根の下と聞いた行司ははっとしたように目を光らせ、伊吹よりもガードが甘いと判断したのか、タケコに問いを向けた。

「お二人は…一緒に暮らしてるんですか？」

「そうよ～。もうどれくらいになるかしら。二年くらい？」

「二年…」

タケコが自慢げに口にする年数を繰り返し、行司は微かに眉を顰める。訝るような行司の視線を感じた伊吹は、溜め息を吐いて、再度否定しなくてはいけなくなった。恋人ではないけれど、一緒に暮らしているのは事実だ。信じて貰えないかもしれないが、それならそれでいいと、投げやりな気分で行司を正面から見据えた。

「…一緒に暮らしてるのは本当だが、ただの居候だ。俺にはそういう趣味はない」

「……」

力強く否定したものの、行司の目から疑いの色は消えなかった。女装家のオネエであるタケコのマネージャーで、しかも同居していて、その上に今はオカマバーのカウンター内でママを手伝っている。そんな自分が客観的にどう映るのかは、伊吹にも理解が出来て、それ以上の弁明は出来なかった。

心の中だけで深い溜め息を吐き、伊吹はタケコの注文に応じてハイボールを作る。昨夜飲み過ぎたからと薄めに作ったそれに文句をつけるタケコに言い返してから、行司にも何か飲むかと聞いた。

「あ…俺はアルコールがダメなので…。ウーロン茶とかはありますか？」

「ああ」

行司のリクエストに応え、伊吹は氷を入れたグラスにウーロン茶を注ぐ。コースターを添えたグラスを行司の前に置くと、窺うような口調で「あの」と声をかけられた。

「……秀さんは…」

「伊吹だ」

「え…」

「伊吹秀。名前で呼びたいか？」

ふんと鼻先で笑って聞く伊吹に、行司は首を横に振る。「伊吹さんは…」と言い直して、先を続けた。

「タケコさんと…いつも一緒にいるんですか？」

「……。まあな」

「……」

改めて確認してくる行司に伊吹が頷くと、彼は真剣な表情を浮かべた。まさかとは思うが、タケコの大ファンを自称する行司が嫉妬心めいたものを抱いているのかと、伊吹は困った気分になる。さっきも否定した通り、タケコと一緒にいるのは特別な意味合いがあるからじゃないとつけ加えようとした時、ルクレツィアと話していたタケコが「秀ちゃん」と呼びかけて来た。

「十一月の終わりくらいにママが温泉行かないって言うんだけど、その頃って忙しい？」

「何言ってんだ。年末に向けて特番が増えるから、どんどん忙しくなるって光代さんも言ってただろ。聞いてなかったのか」

「え〜。もういいわよ。あんな女の言うこと、聞かなくったって」

「何言ってんの。仕事はある内に働かないと」

忙しいのは結構なことだと、ルクレツィアが膨れっ面のタケコを諭す。伊吹自身、タケコの機嫌を考えると多忙になるのは好ましくなかったが、スケジュールを決めるのは光代だ。仕方ないだろうとタケコの文句を切り捨てる横から、行司が「あの」と声をかけて来た。

「タケコさんは…付き人とか要りませんか？」

「付き人？」

考えてもいなかった言葉を聞いたタケコが首を傾げて繰り返す。伊吹も怪訝《けげん》そうに行司を見たが、彼は至って真剣な顔つきで自分の願いを口にした。

「タケコさんは…今も大人気ですが、これからもっと人気が出て、益々忙しくなると思うんです。ですから、付き人とか、そういうのが必要になるんじゃないですか」

「でも、あたしには秀ちゃんがいるから…」

「伊吹さんの補佐的な役割で…荷物持ちとか、使いっ走りとかでいいんです。お給料とか、そういうのはいりませんから。タケコさんの傍で…活躍を見させて欲しいんです」

お願いします…と言って、行司は深々と頭を下げた。答えに困ったタケコが視線を向けて来るのに、伊吹は肩を竦《すく》めて返す。傍で活躍を見たいというのは、タケコの大ファンだという行司には素直な欲求なのだろうか。お願いしますと繰り返す行司を、タケコと伊吹は揃って困り顔で眺めるしかなかった。

　行司の頼みをタケコは適当にあしらおうとしたものの、想像以上に粘《ねば》り強く、最終的にはタケコの方が折れていた。じゃ、一日だけ…という条件をつけて、翌々日に予定されていたテレビ番組の収録に行司が付き添うということで話が決まったのだが…。

「タケ。本気であいつ、付き人にするのか」

「そんな気ないわよ。しょうがないじゃない。ああでも言わなきゃ、あの子、帰らなかったわよ」

　早朝六時。ルクレツィアの店を出た伊吹とタケコは二十四時間営業のうどん屋で、寝る前の夜食としてうどんを啜《すす》っていた。タケコにしつこく食い下がっていた行司が、約束を取り付けてようやく帰って行ったのは、明け方五時過ぎだった。

「顔は可愛いし、よさそうな子だと思ったんだけど…。やっぱり難ありなのかしら…」

「そりゃ、そうだろ。お前のファンだって言うんだから」

「何気に失礼よ、秀ちゃん」

「まあ、何にしても正体が分からないまま視線に怯える必要がなくなったってだけでもよかったじゃないか。それにお前と直接話せたことで満足して、もう現れないかもしれないし」

「そうね」

その線もあり得るわ…と頷き、タケコはうどんを啜る。先に食べ終えた伊吹は箸を置き、行司に関しての疑問を上げ連ねた。

「しかし、あいつ、仕事はしてないのかな」

「いつでも大丈夫みたいなこと言ってたわよね。お給料もいらないって」

「傍で活躍を見たいって…ファンってのはそういうもんかね」

「さあねえ…。でも、ファンってのもちょっと分からない感じよね。あの子。ノンケみたいだし」

「……」

タケコが鋭く目を光らせて行司への疑いを口にするのを聞き、伊吹は小さく笑みを浮かべた。行司の外見に惑わされているのかと疑ったりしたが、やはりタケコは鋭い目で見ていたのだと分かり、ほっとする。

ただ、タケコが行司をノンケと断言するのには疑問を抱いた。その道のプロであるタケコの目を疑うわけではないが、ノンケなのだとしたら、行司は相当度胸のある男だと言える。ルクレツィアの店は客層がかなり濃く、物見遊山のような一般客はほぼいない。伊吹自身、タケコと一緒でなかったら、一生足を踏み入れなかった場所だ。

「でも…あいつ、テレビ局からお前を尾けて、ルクレツィア姉さんの店まで来たんだぜ。ノンケの男が一人で入れる店じゃないと思うんだが…」

「それだけあたしと会いたかったんじゃないの～？」

「マジで言ってんのか？」

聞き返す伊吹に対し、タケコは細くした眉を上げて、鼻先から息を吐いた。タケコ自身、その辺りは訝しく思っている様子だったが、それ以外に理由が思い当たらないというのも分かって、伊吹は眉を顰める。

どちらにせよ、付き人云々の話なども忘れて、もう現れないでくれたら厄介ごとにならずに済むんだが…とお互いが思いつつ、うどん屋を出て自宅へ戻った。


だが、そんな二人の願いはその日の夕方に打ち砕かれた。

「……」

午後五時過ぎ。伊吹がシャワーを浴び終えて洗い場を出ると、チャイムが鳴る音が聞こえた。家にいる時は出来る限り動かないでいるタケコが出るわけもない。小さく舌打ちして、バスタオルを腰に巻き、玄関へ向かう。

タケコは通販マニアでもあるので、宅配業者が毎日のようにやって来る。どうせまた何か買ったのだろうと思い、伊吹は判子を手にドアを開けた。

「はい…」

お届け物です…と言われるのを想定し、判子を用意していた伊吹は、目の前にいた相手を見て動きを止めた。まさかと思う気持ちが表情に出て、固まったまま、相手を凝視してしまう。

「こんばんは」

そんな伊吹の気持ちを知ってか知らずか、明るく挨拶するのは明け方に帰って行った行司だ。どうして行司がここを知っているのか…と恐ろしくなると同時に、訪ねて来た理由も分からず、伊吹はすぐに反応出来なかった。

「すみません、お風呂でしたか？」

「……」

「伊吹さん…？」

「…なんで、お前、ここを…」

知ってるんだ？　と聞きかけて、伊吹は深い溜め息を吐いた。テレビ局やルクレツィアの店にも現れた行司が、自宅を知っていても全然おかしくない。それよりも理由だ…と思い直して質問を替えようとすると、行司が伊吹の横から部屋の中を覗き込みながら尋ねて来る。

「タケコさんはいらっしゃいますか？」

「それより、何しに来たんだ？」

「これ。タケコさんに差し入れようと思って。前にテレビの番組でお好きだと仰ってたんですよ」

そう言って行司は紙袋に入った鯛《たい》焼きを掲げてみせる。有名な鯛焼き屋のそれは並ばなくては買えない品物で、確かにタケコの好物だった。伊吹は困惑を覚えつつ、礼を言って、行司から紙袋を受け取ろうとした。

だが、行司は自分で渡したいと言って、紙袋を渡そうとしない。

「タケコさんが喜んでくれるのを見たいので、直接渡したいんです」

「タケは寝てるし、いつ起きるか分からない」

「起きるまで待ってちゃいけませんか？」

「うちの中でか？」

驚いた顔で聞く伊吹に、行司は紙袋を手にしたまま頷く。昨夜までストーカーとしてタケコが怯えていた相手である行司を部屋に入れるなど、とんでもないことだと思いながらも、ある考えが伊吹の頭に浮かんだ。しばし、行司の顔をじっと見た後、質問を向ける。

「……お前…綺麗好きな方か？」

「え…？　…綺麗好き……まあ、…そうですね」

「潔癖症っぽいとか？」

「…神経質なほどではありませんが…どちらかと言えば」

ルクレツィアの店で行司と別れたのは朝方で、それから半日も経っていないけれど、服装が替わっている。清潔感のある小綺麗な格好はオカマバーで夜を明かした後とは思えない。そうやって身なりにまできちんと気を使う人間が、混沌《こんとん》としたタケコの部屋をどう思うか。行司の中にあるファン心が消滅する可能性は高い。

行司を遠ざける作戦を思いついた伊吹は内心でほくそ笑み、玄関のドアを開けて「入れよ」と勧めた。

「……」

伊吹がドアを開けたのに、一瞬、顔を輝かせた行司だったが、その向こうにあった現実を見た瞬間、固まった。タケコが暮らす部屋の玄関は狭くはない方だが、実際にどれくらいの広さがあるのかは、目では測れない。玄関先はタケコが脱ぎ捨てた巨大な靴《くつ》で埋め尽くされ、足の踏み場がない状態だ。玄関を入ってすぐの廊下には買って来たまま放置してある買い物袋や、通販の段ボールが堆《うずたか》く積み上げられている。

そんな玄関の様子を目にしただけで呆然《ぼうぜん》としている行司を、伊吹は笑って見る。

「やめとくか？」

「……。いえ…」

伊吹の声を聞いた行司は慌てて首を振り、その場で深呼吸してから部屋の中へ入って来た。タケコの靴を踏まないように気遣いながら、三和土《たたき》の隅でなんとか脱いだ自分の靴を隅に置いた。

明らかに動揺し、顔を引きつらせている行司に、伊吹は部屋の奥はもっとすごいがどうするかと聞いた。

「無理だと思うなら、ここでやめとけよ。鯛焼きは俺がちゃんとタケに渡しておく」

「……。いえ、大丈夫です。タケコさんが起きてらっしゃるまで待たせて下さい」

「……」

意を決したように返事する行司を鼻先で笑い、伊吹は先に奥の居間へ行くように勧めた。風呂から上がったところだったので、バスタオルを巻いただけの状態だ。浴室で着替えを済ませ、居間へ行こうとすると、その入り口のところに行司が立ち尽くしていた。

中へ入れない理由は分かっている。伊吹は行司の背後からひょいと顔を覗かせ、居間での過ごし方を指導した。

「そっちのソファと座椅子はタケコが使うから。お前はその辺の物とか、適当にずらして座れよ」

「適当にって…」

「無理なら帰れ」

伊吹の言葉に行司は無言で首を振り、黙々と座る場所を作り始める。居間は玄関以上に物で溢れ、客が座る場所など何処にもない。雑誌や衣類、本にＤＶＤ、健康器具。乱雑に置かれたそれらを退ける行司の顔は硬く、無理をしているのは明らかだった。

伊吹はそれを面白く思いつつ、リビングと続きのキッチンへ入り、冷蔵庫を開けた。ビールを取り出し、プルトップを開けながら、硬い顔つきで片付けている行司に話しかける。

「潔癖症には辛いかもな」

「…特に潔癖…というわけでもないんですが……これはちょっと…」

「片付けるとタケが怒るんだよ」

「伊吹さんは…平気なんですか？」

「慣れ、だな」

にやりと笑って言い、伊吹はビールを飲みながら行司の様子を観察する。自分一人が座れるスペースを確保した行司はちんまりと正座し、部屋の中を恐ろしげに見回している。行司がタケコにマイナスイメージを抱いたのは間違いないだろう。これをきっかけにタケコに幻滅《げんめつ》して付き人なんてやめると言い出せばいいのに…と思いつつ、昨夜から抱いている違和感を口にした。

「…お前さ。本当にタケのファンなのか？」

ビールの缶を置き、煙草に手を伸ばしながら聞くと、行司は一瞬、鋭い視線を向けて来た。それに伊吹が訝しげな顔をしてみせると、慌てて表情を柔らかくする。取り繕ったような仕草は不信感を煽《あお》るものだったが、行司は穏やかな口調で尋ね返して来た。

「どうしてですか？」

「…お前みたいな…普通の男がタケのファンって、なんか合わないような気がしてな」

「だったら、俺にもタケコさんと伊吹さんは合わないように見えますよ。伊吹さん、そういう趣味はないって言ってたでしょう。だったら、どうやってタケコさんと知り合ったんですか？」

「……。色々あってな」

自分のことは答えずに、こちらの都合が悪いところを見抜いて問いを向けて来る。賢いやり方だが、それが逆に疑惑を煽っていると行司は気づいているのだろうか…と、内心で考えながら、伊吹は咥《くわ》えた煙草に火を点ける。一口煙を吸い込んで、タケコを起こして来ると言い、その場を離れた。

行司は何か隠している。そういう実感はあるが、それが何かは分からない。そもそも、タケコに近づいて危険なのは行司の方だ。

「おい、タケ。行司が鯛焼き持って来たぞ」

「…ん～。もう少し寝かせて～」

「あざみ屋の鯛焼きだぞ。お前の大好物の」

「食べたい～。でも眠い～」

「とっとと起きろよ。もう六時近いぞ」

伊吹が何を言ってもタケコは生返事で、到底起きそうな気配はない。仕事先に連れて行かなきゃいけないわけでもないので、無理に起こすつもりはなく、伊吹は溜め息を残して居間へ引き返した。

やっぱり起きそうにないと伝え、鯛焼きを置いて帰らせるしかないな。そう思って居間へ顔を出しかけた伊吹は、怪しげな動きをしている行司を見つけた。

「……」

伊吹が席を外す前は荷物を退かして作ったスペースにちんまりと座っていたのだが、そこで膝立《ひざだ》ちになりあちこちをきょろきょろ見回している。テーブルの上に積まれた雑誌を捲《めく》ったり、覆い被さっている衣類を退けたりしている様子は、何かを探しているようにも見える。まさか…とは思うが、金目の物でも探しているのだろうかと疑いをかけつつ、伊吹は眉を顰めて声をかけた。

「何してんだ？」

「っ…！」

　伊吹の声に身体を震わせ、行司は慌てて振り返る。「別に」と焦った様子で首を振り、散らかっていたので片付けていただけだと言い訳した。

「なんか、気になっちゃって…。勝手にすみません」

「片付けてるようには見えなかったが」

「伊吹さんって気配消すの上手ですね。タケコさんのマネージャーの前はどういう仕事をしてたんですか？」

「……。お前こそ、いい年して無職か？」

　またしても同じような切り返しをされ、伊吹は小さな苛《いら》つきを覚えて聞き返した。行司は肩を竦めて、無職というわけではないと説明する。

「バイトを色々掛け持ちしてますから。時間が自由になるってだけです。タケコさんは？」

「起きそうにない。今日は予定も入ってないし、あの分だとあと数時間はぐだぐだしてるな。あいつのスウィッチが入るのは夜中だ」

「そうですか。タケコさんって、今はテレビの仕事以外はしてないんですか？」

「知り合いの店手伝ったり、本業の…エコノミストのな…文章書いたりしてるくらいかな」

「…講演会とか…そういうのに出たりはしてませんか？」

「講演会？」

行司が持ち出した単語は聞き慣れないもので、伊吹は怪訝に思って繰り返した。オカマバーのショーなら分かるけれど、講演会というのは全く心当たりがない。

「エコノミスト…としてか？」

「まあ…そんな感じで」

「いや。あいつが出るのはショーパブの舞台くらいだ」

答えながらも、どうして行司はそんなことを聞くのだろうという疑問が浮かんだ。タケコの後を尾け回すほどのファンである行司は、どういう仕事をしているのかも詳しいはずだ。自宅まで知っていたくらいなのだから。

「お前の方が詳しいんじゃないのか」

「俺もバイトとか、生活とかありますんで。タケコさんの活躍を全て押さえたくても、なかなか出来ないんです。伊吹さんはマネージャーだし、全部知ってるんだろうなと思うとうらやましいです。その上、一緒に暮らしてるんですから、タケコさんの動向を全部ご存知なんでしょう？」

「……」

確かに、同居人であり、マネージャーでもある伊吹はタケコのスケジュールに詳しい。望まざるとも、タケコを仕事先まで連れて行かなくてはいけないし、何処かで飲むとなったらつき合わされる。伊吹にとっては自慢出来ることではないけれど、ファンである行司にはうらやましいことなのだろうが…。

そう理解は出来ても、伊吹にはどうしてだか、行司が本気で「うらやましい」と思っているようには見えなかった。タケコの周囲には行司と同じように、身元も生業もよく分からない輩がわんさかいる。だから、怪しげな人物には慣れているはずなのに、行司から感じられる不信感はそれらと種類が違うもののように感じた。

「お前…」

行司は何か隠しているのではないか。本能的に察した疑問を伊吹は口にしかけたが、行司の問いかけに遮られる。

「タケコさんのこの先のスケジュールって決まってるんですか?」

「……。なんでそんなことを聞く?」

「付き人としていつ呼ばれてもいいように、予定を開けておきたいんです。伊吹さん、ご存知なら教えて貰えませんか?」

「何言ってんだ…」

タケコは行司が付き人になるのを認めたわけじゃない。彼の熱心さに押されて、仕方なく、一日だけついて来てもいいと許可したのだ。なのに、先々のスケジュールまで知りたがる行司に、伊吹は呆れた顔を向けたのだが、そこへタケコが起き出して来た。

「あ〜怠いわ〜。寝て疲れるってどうなのかしらねえ。秀ちゃん、コーヒー入れて。…あら。行司くん？」

大あくびを漏らしながら居間へ入って来たタケコは、伊吹と共にいる行司を見て驚いた顔になる。寝室で伝えたはずだと言う伊吹に、タケコは全然覚えてないと首を振った。

「どうしたの？」

「お休み中のところを上がり込んですみません。タケコさんが大好物だと仰ってた鯛焼きを持って来ました」

「あっ、あざみ屋の鯛焼きじゃないの！　秀ちゃんが鯛焼きあるぞって言ったの、夢じゃなかったんだ〜。嬉しいっ」

行司が差し出す紙袋を大喜びで受け取り、タケコは自分専用の座椅子に腰を下ろした。超重量級の体重を支える座椅子は特別に大きなものを選んでいるが、それでもタケコが座ると子供用みたいに小さく見える。鯛焼きだってメダカ焼きみたいだ。

「あざみ屋の鯛焼きって美味《おい》しいわよねえ。何個でも食べられるわ〜。行司くんもどう？」

「いえ、俺は…。甘い物が得意じゃないので」

「そうなの？　なのに並んで買って来てくれたの？　なんか、悪いわね」

「タケコさんが喜んでくれるのを見たくて」

ありがとうね〜と礼を言い、タケコは寝起きとは思えない食欲で鯛焼きを平らげていく。

その姿を眺める行司はにこにことしていて、タケコを崇《あが》めている様子ではあるのだが…。

どうも解せないなと思いつつ、行司は離れたキッチンで煙草を吹かしていた。


鯛焼きを一人で五つも平らげたタケコは今度は辛い物が食べたいと言い出した。行司も誘って焼肉を食べに行こうと言うタケコに、伊吹はいい顔をしなかったのだが、二人で出かけさせるわけにもいかない。渋々了承し、店を予約してタクシーを呼んだ。

「何処のお店に行くんですか？」

「大久保《おおくぼ》だ」

「タケコさんの行きつけですか？」

行司の問いに「まあな」と答えた伊吹は、いつも支度の遅いタケコを急かして部屋を出る。エレヴェーターに乗ろうとした時、行司の携帯が鳴り始めた。

「すみません。電話がかかって来ちゃって…」

「じゃ、下で待ってるわ」

エレヴェーターに乗り込もうとしていたところだったので、タケコと伊吹は行司を置いて、先に一階まで下りることにした。ドアが閉まり、降下していくエレヴェーター内で、伊吹は行司に対する感想を伝える。

「なんか、怪しいんだよ。あいつ」

「そう？　いい子じゃない」

「鯛焼きに釣《つ》られてんじゃねえぞ。部屋ん中でもこそこそしてたし、おかしなこと聞いてくるし…。お前のスケジュールもやけに知りたがるんだ」

「あたしのことを隅から隅まで知りたいんじゃないの～？」

にやりとしたタケコの顔には悪趣味な笑みが浮かんでおり、伊吹は顔を顰める。妬いてるの？　という問いは、激しく険相で否定した。

「バカ」

「冗談よお。秀ちゃんの言いたいことはなんとなく分かってるから大丈夫よ。あの子、目の奥が笑ってないもの」

「確かに」

「ちょっと試してみようと思ってるの」

伊達にオカマとして長年虐げられて来たわけじゃない…と威張るタケコに、伊吹は肩を竦める。一階に着いたエレヴェーターから降りると、驚くことに行司が待っていた。階段で下りて来たと言う行司を、タケコは信じられないという顔で見る。

「八階からここまで？　機械よりも早く？」

「タケコさんをお待たせするわけにはいかないので」

「お前、足も速かったもんな」

テレビ局では全速力で追いかけたのに、逃げられている。何か運動でもやっていたのかと聞く伊吹に、行司は取り立てて何もやっていないと答える。小さい頃から足だけは速かったんですよ…という説明は疑問を挟む余地のないものだった。

ビルの前で待っていたタクシーで大久保の焼肉店まで移動し、三人で食事をした。その間も終始、行司はタケコに心酔しているという姿勢で、タケコの話をたくさん聞きたがった。中でも伊吹にも聞いたスケジュールについて、特に確認したがっていたのだが、タケコ自身が分かっていない。

「秀ちゃんに任せてるから、あたしは連れて行かれるだけなのよねえ。先のことはよく分からないのよ」

「じゃ…やっぱり伊吹さんが…」

行司を怪しく思っていた伊吹は、彼が何を聞いて来てもはぐらかして答えないようにしていた。行司は何とか聞きだそうとしていたものの、そういう自分の態度が余計に不審がられるのに気づいたのか、途中から質問をやめた。

食事が終わると、自ら帰ると言いかけた行司をタケコが引き留めた。

「もう少しいいじゃない。ねえ、秀ちゃん。ジョージの店に行かない？」

「…本気か？」

満面の笑みで頷くタケコを、伊吹はしばし見つめてから「分かった」と返事する。気は進まなかったが、タケコには考えがあるように思われた。行司はタケコからの誘いに嬉しそうな顔をしながらも、微かに戸惑いを見せる。

「昨日みたいな…店ですか？」

「そう。もう少し飲みたくて…って、行司くんは飲めないのよね。でも、ちょっとだけつき合ってよ」

「もちろん、喜んで」

憧れのタケコからつき合ってと言われては、行司が断れるはずもない。ジョージの店がどういう店なのか知らないのだと思うと、気の毒な気もしたが、行司の反応が見たかったこともあり、伊吹は黙っていた。

けれど、伊吹自身、ジョージの店へ行くのには抵抗があった。タクシーで移動し、地下にある店へ続く階段へ向かう足取りは自然と鈍くなり、タケコに腕を掴まれる。

「秀ちゃん、何ぐずぐずしてんのよ」

「いや…俺はやっぱ…」

外で待ってようかな…と気弱なことを言う伊吹を連れて、タケコは行司を促し階段を下りて行く。実は面白がっているのではないかと、タケコを訝りつつ、伊吹は渋い顔でジョージの店へ足を踏み入れた。

階段を下りる途中から怪しげな雰囲気が漂っていたが、薄暗い店内は更に濃厚ないかがわしさで満ちている。ルクレツィアの店も十分に異世界であるが、こちらは種類が違う。あっちが陽ならこっちは陰だ。

「あら、タケコお姉さん。お久しぶり」

カウンターの空いていた席に座ると、奥から坊主頭にひげ面の男が現れた。外見としゃべり方にかなりギャップがあるが、業界的には正統派のモテ男だ。挨拶する店主のジョージに、タケコは微笑んで返す。

「元気そうね。ジョージ」

「お姉さんこそ、大活躍じゃない。伊吹さんも相変わらず、男前で……。厭《いや》だ、お姉さん。伊吹さん以外にもこんな可愛い子連れて…さすが有名人は違うわねえ」

タケコの両脇に座る伊吹と行司を舐め回すように見るジョージの視線は執拗《しつよう》で、あからさまなものだ。ジョージの店はルクレツィアのところとは違い、出会いを求める男たちが集う専門店である。店内で女装しているのはタケコのみで、後は皆、身なりは普通の男とさほど変わらない。

伊吹は何処でももてるけれど、ジョージの店のような場所では特に人気が高い。真剣に身の危険を感じるので苦手だったのだが、その日は他に生け贄《にえ》がいたので助かった。ガードが堅いと分かっている伊吹よりも、純真そうな新顔の方に好奇の目が集まるのは当然の成り行きだった。

それに店に入った時から緊張していた行司の顔には怯えが浮かんでおり、そういう表情はジョージだけでなく、店の店子や客たちが好むものだった。行司の回りにはあっという間に人だかりが出来、前後左右を男たちに囲まれる。

「やだ、本当に可愛いわ。余りタイプじゃないけど、いいわね。こういう子も」

「あなた、こういう店、初めてなの？」

「あ、あの…っ…触らないで…っ」

「やーだー。震えてるわ～。可愛い～」

四方八方から伸びて来る手を必死で避けている行司を、タケコも伊吹も助ける気はなかった。二人して席を移動し、離れた場所からおもちゃにされている行司を観察する。

「…ほらね。マジでノンケでしょ？」

「それはなんとなく分かってたじゃねえか。ちょっと、可哀想だぞ。あれは」

「何言ってんの。踏み絵よ」

「踏み絵？」

「本気であたしの付き人になりたいっていうなら、こういう状況も上手にかわせるようにならなきゃいけないじゃないの」

秀ちゃんみたいに…とタケコがつけ加えるのに同意は出来なかったが、何を試そうとしているのかは読めた気がした。行司が本当にタケコに憧れて、傍にいたいと思っているのなら、確かにこういう現実にも耐えなきゃいけない。タケコの出入りする店には多かれ少なかれ、危険が存在する。

まあなあ…と頷き、伊吹が煙草を咥えると、行司の元を離れて来たジョージがすかさず火を差し出した。

「お姉さん、あの子、何？」

「あたしの付き人になりたいって言ってんのよ」

「付き人？　伊吹さんだけじゃ足らないっていうの？　なんて贅沢《ぜいたく》な」

「違うわよ。秀ちゃんは付き人じゃないもの。愛人よ、愛人」

「ふざけんなよ？」

軽口だと分かっていても、否定しておかなければあっという間に噂《うわさ》が広まる。伊吹が険相で煙を吐き出した時、男たちにからまれていた行司が必死の形相で逃げ出して来た。よってたかって弄《いじ》られまくった行司は、シャツのボタンを全部外され、髪もくしゃくしゃに乱されている。

「っ……た…タケコさんっ…。俺、用事を思い出したので…っ…今日は…帰りますっ！」

「あら、そうなの？」

残念ねえ…とタケコが皆まで言うのを聞かずに、行司は店を飛び出して行く。逃げて行く後ろ姿を眺めて、伊吹は鼻先から息を吐いて気の毒にと呟《つぶや》いた。

「これはやり方が極端だったんじゃないか？」

「そう？　これくらいでめげるようじゃ、あたしの付き人なんてやれないわよ」

「まあ…そりゃそうだが…」

「逆に、これでもまだ来るようなら…他に目的があるのかもね」

「……」

格好や生活態度には問題のあるタケコだが、いつだってシビアな目で相手を冷静に見ている。鋭い指摘には伊吹も同感で、溜め息を吐いて頬杖《ほおづえ》をつく。行司に目的があると考えれば、怪しげな動きや言動にも納得がいくのだが、どんなに考えてもタケコに近づいて得られるメリットは思いつかなかった。

再び現れるようなら、他に目的がある可能性が高い。伊吹とタケコがそう考えていた行司は、翌日、テレビ局の出入り口に姿を現した。午後から収録が行われる予定のテレビ東都に、伊吹とタケコは正午過ぎに到着した。タクシーを降りてすぐに、「タケコさん」と呼ぶ行司の声が聞こえる。

「…あら、来たの？」

「はい。今日は収録に付き添わせてくれるって仰ってたので」

「いいわよ。どうぞ」

タクシーの中で、伊吹とタケコは行司が現れるかどうか賭けようとしたのだが、二人ともが「現れる」方に賭けようとして、成立しなかった。予想通りに姿を見せた行司を渋い顔で見て、伊吹はタケコの背後からそっと耳打ちする。

「いいのか？」

「知りたいじゃない」

本当に現れたら、追い返すべきだというのが伊吹の意見だった。怪しげな人間を敢えて近づける必要はない。だが、タケコの方は行司の目的が知りたいと言う。歓迎するように笑ってついて来るのを許可したタケコに、伊吹は不満げな表情を浮かべたが、行司を追いやるような真似はしなかった。

伊吹自身、行司の目的が知りたいという気持ちを持っていたせいもある。受付で行司のパスを用意して貰い、三人で楽屋へ向かった。

「俺、テレビ局の中って初めて入るんで緊張します」

「そうなの？　楽しんだらいいわ。あ、それと。昨夜はごめんなさいね。秀ちゃんにも叱《しか》られたわ〜。行司くんには刺激の強い店だったかしら〜」

「あ…いえ……。楽しかったんですけど…急用で…」

「そうなの？　楽しかったのならまた行きましょうね。店の皆も行司くんのこと、とっても気に入ったみたいだったわよ〜」

「そ、そうですか…」

タケコに合わせようとしながらも、行司の顔が引きつっているのを、伊吹は冷静に観察していた。行司が無理をしているのは明らかだったが、そこまでする理由は分からない。

楽屋に着くと、沢口が待っており、驚いた顔で行司を見る。

「タケコ、秀ちゃん、お疲れ〜…って、この子、ストーカーの子じゃない？」

沢口はルクレツィアの店まで一緒に行ったが、先に帰って行ったので、行司が付き人になりたいとタケコに申し出たのは知らなかった。事情を説明し、今日だけ特別に付き添いを許したのだと言うタケコに、行司は明るく、これからもお願いしますと頼み込む。

「俺、何でもやりますから」

「そお？　でもねえ…あたしの傍にいると、昨夜みたいなことも多いのよ？　行司くんはほら…ノンケみたいだし…」

「でも、伊吹さんもそうじゃないですか。俺も慣れれば…」

「あら。あんた、秀ちゃんと同列のつもり？　それは大きな間違いよお。秀ちゃんは特別なのよ。特別」

「特別…ですか…」

タケコが繰り返した言葉を口にし、行司が物言いたげな顔で伊吹を見る。伊吹は相手にするつもりはなく、新聞を盾にして行司の視線を避け、楽屋の畳に寝そべっていた。微妙な空気が流れる中でも、沢口はいつも通りに手際よくタケコのヘアメイクを仕上げ、弁当を食べたところで、番組のスタッフがタケコを呼びに来る。

「タケコさん、本番お願いします」

「タケコ。あたし、下の階に用があるからそっちに行くわ。何かあったら呼んで」

「分かった。ありがとね、ぐっさん」

「…タケ。俺もそっちに行く。行司、留守番、頼めるよな？」

普段、伊吹は収録に立ち会わずに楽屋にいるが、たまには見に行こうかなと言って立ち上がった。伊吹に留守番を頼まれた行司はぱっと顔を輝かせ、もちろんですと答える。

「任せて下さい。行ってらっしゃい。頑張って下さい」

元気な声で見送ってくれる行司を楽屋に一人残し、伊吹はタケコと共にスタジオへ向かう。廊下を歩いてしばらくのところで、タケコは声を潜めて伊吹に聞いた。

「…どういうつもり?」

「お前じゃないけど、試してみようかと」

口の端を歪《ゆが》めて笑い、伊吹は足を止める。ひらひらと手を振る伊吹に、タケコは肩を竦めてスタッフと共にそのままスタジオへ向かった。伊吹は背後を振り返り、「さてと」と呟いて、一人楽屋へ引き返した。


楽屋にはタケコの私物が残されている。そんな場所で一人になった行司がどういう行動に出るか。少々卑怯《ひきょう》な手だとは思ったが、行司の目的を知るには最適な方法だ。足音を忍ばせて楽屋へ戻った伊吹は、しばらく外から中の物音を窺っていた。

すぐに戻っては行司が行動に移していないかもしれない。時間を読んで、そろそろだと判断した頃に、そっと楽屋のドアを開けた。

「……」

室内からがさがさと何かを探っているような物音が聞こえて来る。ビンゴだと思い、更に慎重にドアを開けていく。行司はドアが開いているのに気づいていないようで、物音はやまない。室内を覗き見れば、タケコの鞄《かばん》を漁《あさ》っている行司の姿があった。

やっぱりなと思いつつも、溜め息が漏れた。部屋へ上げた時にこそこそとしていたのも、これと同じだったのだろう。やっぱりルクレツィアの店で捕まえた時に、痛い目にあわせて放り出すんだった。そんな後悔を抱いて、伊吹は一気にドアを開ける。

「…っ‼」

伊吹の存在に全く気づいていなかった行司は驚愕《きょうがく》した様子で顔を上げる。慌ててタケコの鞄から離れようとしたが、動揺がひどくて机の上に載せてあったそれを落としてしまう。タケコは持ち物が多く、大振りの鞄にぎゅうぎゅう詰めにしているので、床の上に様々なものが散らばった。

「何してんだよ？」

「な…何って…鞄が落ちたので…」

言い訳しながら、床に散らばった荷物を拾おうとする行司に、伊吹は鋭い声で「動くな」と命じた。威圧感のある低い声に行司は身体を震わせ硬直する。必死で説明を考えている様子の行司を眇《すが》めた目で見ながら、伊吹は膝をついてタケコの持ち物を拾っていく。

「楽屋荒らしが目的か？」

「何言ってるんですか…っ…俺は何も…」

「タケの鞄に手ぇ突っ込んで、漁ってたじゃねえか。見てたぞ」

「……」

伊吹に見られていたと知った行司は顔を顰めて押し黙った。伊吹はタケコの鞄を机の上へ戻し、拾い集めた物を適当に詰め込む。無言でいる行司に、付き人志願者を装って楽屋へ入り込み、盗みを働くという手口が流行っているのだと告げた。

「タケコのファンだってのも、なんか怪しかったんだよ。これで合点がいった。盗みが目的だったってわけか」

「違います。盗みなんて…」

「人の鞄漁る目的が他にあるのか？」

金目の物を探していたとしか思えない。強い口調で言い切る伊吹に対し、行司はひどく困惑した表情を浮かべていた。盗み以外の目的があるのなら言ってみろ…という言葉にも答えられず、沈黙している行司を見て、伊吹は鼻先から息を吐く。

「とにかく、警備を呼んで確認するから、お前はそこに座れ」

「確認って…何をですか？」

「他の楽屋に被害が出てないかに決まってんだろ。タケの付き人として入ってんだ。何か被害が出てたら、タケに迷惑がかかるだろうが」

「俺は…何もしてません」

「してたじゃねえか」

「それは……」

言い訳に詰まる行司につき合うつもりはなく、伊吹は楽屋に設えられている電話に近づいた。固定電話には幾《いく》つかのボタンがあり、局内の各所に繋《つな》がるようになっている。受話器を持ち上げ、警備へ連絡しようとした時、行司が駆け寄ってきてフックを押さえて邪魔をした。

「何するんだ」

「待って下さい。俺の話を…」

「話ってなんだよ？」

「ですから…」

「いい加減にしないと警察呼ぶぞ」

実際、被害は未然に防げたのだから、警察が出て来る問題ではない。ただ、言葉の綾として「警察」と伊吹が口にするのを聞き、行司は派手に顔を顰めた。本当に何もしていないのなら、警察を恐れる必要はないはずだ。

なのに、敏感に反応するのは…。実は前科があるのではないかという考えが頭を過《よぎ》り、伊吹は眉間に皺を刻む。

「…お前…前科でもついてんのか？」

「……。違います」

「なら…」

どうして過剰に反応するのかと聞く伊吹に、行司は大きな溜め息を吐く。うんざりしたような顔つきで頭を掻き、しばし考えてから、楽屋の隅に置いてあった自分のデイパックを持って来た。

行司が何をしようとしているのか、伊吹はさっぱり予想がつかなかった。怪訝そうな表情で睨《ね》めつけている伊吹に対し、行司は不機嫌そうな顔でデイパックから取り出した物を見せる。

それは伊吹が予想もしなかった代物だった。

「警察ならここにいます」

「……」

行司が提示した身分証は彼が警察官であるのを示すものだった。まさかとどうしてが一気に襲って来て、伊吹は息を呑《の》んだまま、無言で行司を見つめていた。


ストーカーするほどタケコの熱心なファンだと言いながら、行司の行動は怪しさが伴うものだった。そもそも、行司の人物像はタケコのファンに当てはまらない。何か目的があって近づいて来たのだと訝しみ、策を練ってみたりしたのだが、まさか…警察だとは微塵《みじん》たりとも考えなかった。

行司の正体に驚くと同時に、別の大きな疑念が生まれる。警察がどうしてタケコに近づいたのか。全く心当たりはなくて、伊吹は沈黙したまま行司を凝視していた。行司はそんな伊吹を鋭い目つきで見返しながら、身分証を仕舞う。

「…何か聞かないんですか？」

「…何を？」

「普通、もう少し驚いて、どうしてと理由を聞きます」

「……。心当たりがなさ過ぎて、考えても分からないから、そっちの出方を見てるんだ」

「余裕ですね」

そうでもない…と答えながら、伊吹は手にしていた受話器を置き、靴を脱いで畳敷きのフロアへ上がった。座卓の前にあぐらをかいて座り、頬杖をついて行司を眺める。その様子は平然としており、警察という存在を歯牙《しが》にもかけていないように見えた。

「…伊吹さんは何者なんですか？」

「調べてるんじゃないのか？」

「……」

自分の情報は漏らそうとしない行司に伊吹は肩を竦めてみせて、置いてあった新聞を手にした。それを広げて読み始める伊吹に、行司は険相でどういうつもりなのか尋ねる。伊吹としては合理的な行動を取っているつもりで、新聞の記事から目を上げずに答えた。

「お前が用があるのはタケなんだろ？　だったら、タケが戻って来るのを待つしかない」

「けど…伊吹さんは事情を知りたいとは思わないんですか？」

「俺が聞いても答えないだろう。お前は」

「……」

「無駄なことはしない主義でね」

ふんと鼻先から息を吐き、伊吹は新聞を捲る。行司は渋い表情で伊吹を睨むように見ていたが、しばらくしてメイク用の鏡の前に置かれた椅子を引いて腰を下ろした。行司もタケコが戻るのを待つつもりらしく、難しい顔で手にしたスマホを握り締めている。そんな姿をちらりと一瞥してから、伊吹は独り言のように言った。

「…二課か」

静かな楽屋に伊吹の声が低く響き、行司ははっとした顔で鋭い視線を向ける。思わず漏れたというように「どうして」と呟く行司を見ないまま、伊吹は続けた。

「ゴキブリも殺せないようなタケは一課とは無縁だ。手癖も悪くないから、三課でもない。組対ももちろん、縁遠い。となれば、タケに用があるのは二課辺りしかないだろう」

「警察に詳しいんですね。伊吹さんこそ、前科でもあるんですか？」

「フン」

自分に向けられた台詞をそのまま繰り返す行司を、伊吹は鼻先で笑う。行司は困惑を滲ませた顔で伊吹を見つめていたが、彼の視線は新聞記事に向けられたままだった。重い沈黙はタケコが戻って来るまで、二時間近くも続いた。

「あー疲れた〜。お腹空いた〜」

ガチャリと音を立ててドアが開くと同時に、タケコの声が聞こえる。楽屋に重い空気が充満しているのを即座に察し、タケコは慌てて伊吹に「どうしたの？」と尋ねた。伊吹が行司に仕掛けようとしていたのはタケコも知っている。何があったのかと案ずるタケコに、伊吹は肩を竦めて行司の方を顎《あご》でしゃくった。

「あいつがお前に話があるって」

「…話って……」

怪訝そうな顔で行司を振り返ったタケコは、彼がそれまでとは全然違う表情でいるのに気づいた。タケコに取り入る為、笑顔を絶やさなかった行司だが、正体がばれた以上、どうでもいいと考えているのか、笑みは一切ない。

伊吹も行司の表情や態度の変化は感じ取っていた。警察の身分証を提示してからの行司は、険相か無表情かのどちらかで、タケコを憧れだと言っていた彼が別人のように思えるほどだった。だが、今の行司が本当の彼だとしたら、違和感を覚えたのも当然だった。相当、無理をしてタケコのファンを演じていたに違いない。

「お聞きしたいことがあります」

「な、何よ。行司くん、どうしたの？」

「先ほど、伊吹さんには提示させて頂いたのですが、俺は…こういう者です」

そう言って、行司が見せた身分証を目にしたタケコは絶句した。ただ、仰天するような驚き方ではなく、静かに息を呑んでから、伊吹に視線を移す。頬杖をついた伊吹が「座れよ」と勧めるのに頷き、行司の向かいに腰掛けた。

そんな二人の様子を行司は微かに眉を顰めて観察する。伊吹と同じく、タケコもどうして理由を聞いたりせずに黙っている。二人の冷静さは行司にある疑惑を抱かせた。

「…もしかして、俺のような人間が来る予想があって、心構えがあったんですか？」

「何言ってんだ。逆だ。心当たりがなさ過ぎて何も言えねえんだよ」

「そうでしょうか」

「だって、行司くん。正直に言うと、あたしたちの方があんたを疑ってたのよ。何か目的があって近づいて来たんじゃないかってね。だから、秀ちゃんがあんたを試してみるって……なのに、あんたの方があたしたちを疑ってたってことなの？　意味が分からな過ぎて何も言えないでしょうよ」

心構えなんてあったわけもない。立場が逆になってることが理解出来ないだけだというタケコの説明を聞いて、行司はしばし思案した後、話を元に戻した。

「本当は証拠を掴んでから確認しようと考えていたのですが、こうなってしまった以上、率直に聞きます。…山根《やまね》一茂《かずしげ》という男をご存知ですか？」

「山根…一茂…？　さあ、知らないわ」

行司が口にした名前を繰り返し、タケコは不思議そうな顔で首を傾げる。タケコに「知ってる？」と聞かれた伊吹は、肩を竦めて首を横に振った。

「聞いた覚えのない名前だ。…ただ、俺たちの知り合いは源氏名で呼び合ってる奴らが多いからその中に本名が『山根一茂』の奴がいるのかもしれないが、分からない」

「山根はゲイのようですが、女装はしていません。それに特定の店などで働いているわけではないんです」

「なら、余計に分からないわよ。ゲイなんて掃いて捨てるほどいるじゃない」

興味なさげな顔で切り捨てるタケコに、行司は厳しい表情で「よく思い出して下さい」と食い下がる。上段から構えたその物言いに、タケコはむっとして「知らないってば」と唇を突き出して繰り返した。

「知らないものを思い出せるわけないじゃない。その山根とかいう男が何したっていうの？」

「隠すとタケコさんの為になりませんよ」

「隠してなんかないわよ。隠す必要なんかないもの。本当に知らないんだから！」

タケコを容疑者として決めつけているような行司の口調や態度はかなり感じが悪く、タケコは鼻息荒く言い返した。ムキになって更に言い返そうとするタケコに、引くことなく詰問を続けようとする行司を、伊吹は淡々と「やめとけよ」と窘めた。

「本当に山根なんて奴は知らないし、関係もないんだ。俺たちをこれ以上、不快にさせない方がいいぞ」

「…どういう意味ですか？」

「お前の方が立場が弱いってことだ」

自分自身、よく分かってるはずだろう…と念を押す伊吹をじっと見つめたまま、行司は無言だった。諦めたわけではなく、新たな切り口を考えている様子なのを見て取り、伊吹は溜め息交じりに忠告する。

「お前、これ、独断で単独行動してるんだろう?」

「……」

「尾行して行動を押さえるくらいはまだしも、ここまで近づいて、荷物を漁るような真似を上が許可するとは思えない。どういう読みでタケコに的を絞ったのかは知らないが、お前の読み違いだ」

はっきりと言い切る伊吹に、行司は何も返さなかった。悔しげな表情からも、指摘が当たっているのだと分かる。それでも尚、諦める気配のない行司に、伊吹はもっとも痛手が大きいであろう急所を突く。

「お前がこれ以上、タケに気分の悪い思いをさせるってなら、こっちもそれなりの対応をしなきゃいけなくなる。対象の荷物を漁っているとこを見つかったなんて、仲間には知られたくないだろう」

「…伊吹さんは…警察にいたんですか?」

行司の問いに、伊吹はイエスともノーとも答えなかった。ただ、冷静な目つきで腹の中を探るように見る伊吹を、行司はしばし見返した後、「分かりました」と引き下がる。デイパックを手にし、タケコに深々とお辞儀をしてから、そのまま楽屋を出て行った。

ぱたんと音を立ててドアが閉まると、タケコは「はー」と大きく息を吐く。

「なんなのよう…。まさか警察なんて……なんであたしがこんな目に…」

「さて、山根一茂とやらは何をやらかしたんだろうな」

「知らないわよっ。もう、気分が悪いったらありゃしない……って、あたしの鞄、なんで中がぐちゃぐちゃなの～？」

「元々、ぐちゃぐちゃだろ」

そんなことはないと憤慨するタケコを適当に宥《なだ》めながら、伊吹は行司のことを考えていた。捜査二課が追う事件といえば、汚職に贈収賄…詐欺の類いだ。知能犯相手の仕事だから、行司のように線の細い男でも十分に刑事として務まるだろう。

行司がどういう案件を追っているのか、伊吹にとって調べるのは容易だったが、そこまでする必要はないと考えた。山根一茂などという男は知らないし、タケコも自分も二課が関わるような事件とも無関係だ。だから、どういう疑惑をかけられたとしても潔白だと胸を張って言える。

行司もよく調べればそれを分かって、二度と顔を見せないに違いない。タケコともそう話し合って、行司のことは早々に忘れようと決めた。

だが、行司の方はそうはいかないようだった。

「……」

翌日。携帯が鳴っている音に気づいて目覚めた伊吹は、枕元に置いていたそれを手にしいつつボタンを押す。光代かと思ったが、表示されているのは見覚えのない番号で、不審に思いつつボタンを押す。

「…はい」

『伊吹さんですか？　行司です』

「……」

もう聞くことはないと思っていた声を耳にし、寝ぼけていた頭が一気に冴《さ》える。行司に緊急連絡用として番号を教えて欲しいと言われて伝えてはいたが、かけて来るとは思ってもいなかった。身体を起こした伊吹は、掠《かす》れた声で「なんだ？」と用を聞いた。

『タケコさんも一緒に一度、お会いしたいんですが』

「まだ疑ってんのか。言っただろ。俺もタケも山根なんて男は知らない」

『詳しい事情をお話ししますので…聞いて頂きたいんです。…俺だけでなく、上司も一緒です』

「……」

上司が一緒だとつけ加える行司の声には苦い感情が含まれているように感じた。厄介ごとに巻き込まれそうな予感がして、断ってしまいたかったのだが、行司の声が耳について離れない。別れ間際に見た悔しげな顔が頭に浮かんで、伊吹は目を閉じて額を押さえる。

『…伊吹さん？』

「…タケに聞いてみないと分からない。…折り返す」

『お願いします』

行司の返事はほっとしたように聞こえ、自分の人の良さを痛感しながら、携帯を放り投げた。関わらないのが一番だと分かっているのに。厭な思いをするのは目に見えているのに。わき上がって来る後悔と戦いながら立ち上がり、タケコの寝室へ向かった。

時刻は午後四時近いが、タケコは当然寝ている。半分ほど開け放たれているドアをノックし、「タケ」と中へ呼びかけた。

「行司から電話があった」

いつもなら何を言ってもまともな反応はないのに、暗がりの中でごそりと動く気配がする。タケコ自身、行司のことを気にかけていたのだろう。「なんだって？」と嗄《か》れた声で聞いて来た。

「事情を説明したいから会って欲しいんだと。上司も一緒に」

「……なんかめんどくさそうだから…やだ」

「タケ」

「秀ちゃんはなんでそう、人がいいのよう…」

伊吹の性格を熟知しているタケコはごろごろとベッドの上で転がりながら、文句を呟く。伊吹は溜め息を吐いて部屋の電気を点け、裸でタオルケットに絡んでいるタケコに、建前だと思いつつも理由を告げた。

「俺だって本当は関わりたくないんだが、お前がどうして疑われたのか知っておいた方がいいだろう。何もしてないのに妙な展開に持っていかれても困る」

「とか言って、本当はあの子のことが気になってるんでしょう」

「……」

「秀ちゃんは年下の無茶するタイプを、放っておけないもんね」

タケコはいつだって全てお見通しだ。意味ありげな物言いが自分の過去を指し示しているのも分かっている。否定すれば自ら認める羽目にもなるので、伊吹は敢えて反論はせずに、溜め息を吐いて「分かった」と答える。

「お前が厭なら…」

「厭とは言ってないわ」

「やだって言っただろ」

「秀ちゃん一人で会わせるわけにはいかないわよ」

私も一緒に会うわ…と鼻息つきで言い、タケコは返事をするように伊吹に頼む。タケコの了承を取った伊吹は居間へ戻り、ソファに放り投げてあった携帯を拾って行司に電話した。ワンコールで出た行司に、タケコと共に会うと告げると、行司は礼を言い、何処で会えるかと聞いた。

「こっちへ来られるか？」

『……タケコさんの…部屋ですか？』

「あいつは支度に時間がかかるし、六時には出なきゃいけないんだ」

雑誌のインタビューを受ける仕事が入っており、七時にホテルで待ち合わせをしていた。そのスケジュールを思い出しながら提案する伊吹に、行司はぎこちない口調で「分かりました」と言い、三十分後に訪ねるとつけ加えた。

寝室に報せに戻ると、再び寝ていたタケコが飛び起きる。この状態じゃ誰にも会えないと慌ててバスルームへ向かうが、服さえ着れば、シャワーを浴びていようがいまいがさほど変わりはない。伊吹は早くしろよと急かし、うんざり気分で煙草を咥えた。

電話を切ってからぴったり三十分後に部屋のチャイムが鳴った。さすが二課だけあって、几帳面なメンツが揃っているのだろうと想像しながら、伊吹は玄関へ向かう。ドアを開けた先には昨日までとは違うスーツ姿の行司と、上司と思しき四十前後の男が立っていた。眼鏡をかけた人の良さそうな顔立ちは普通過ぎて、とても刑事には見えない。保険会社の外交といった趣だ。

「…どうぞ」

二人に中へ入るよう促し、伊吹は先に居間へ向かう。行司だけでなく上司も来ると聞いたタケコは、居間の定位置である座椅子に鎮座して待っていた。それを飛び越え、伊吹がソファに座ると、戸惑い顔の上司と共に行司が入って来る。

「主任、その辺りに…邪魔な物は退けて座って下さい」

行司がタケコの部屋を訪れるのは二度目で、既に洗礼は受けている。余りの煩雑さに困惑している上司を座らせ、行司もその隣へ腰を下ろした。

「ごめんなさいね、こんな格好で。お電話頂いた時、まだ寝てたものですから、用意が間に合わなかったんです」

「い、いえ…」

タケコが詫びたのは、部屋の散らかりようではなく、湯上がりのすっぴんであることだった。頭にはタオルを巻き、ジャージ姿であるのを恥じて詫びるタケコに、行司の上司は強張った顔を横に振る。

「こちらこそ、お時間を取って頂いて恐縮です。…私、警視庁捜査二課の笹原《ささはら》と申します」

身分証を見せながら笹原と名乗った上司は、続けて、部下である行司の失態をタケコに謝罪した。

「この度はうちの行司がご迷惑をおかけしてすみませんでした」

「いいえ。迷惑ってほどじゃないんですけどね。何か勘違いをされていたようで、困りました。山根…とかいう男をあたしが知ってるって思い込んでらしたみたいなんですけどね。こっちは全然心当たりがないんですよ。詳しいお話はお聞きしないまま、お引き取り頂いたんですが…今日は説明しに来て下さったのかしら？」

タケコは頭もいいし、機転も利く。話の主導権は任せておいた方がベストだろうと判断し、伊吹はソファの上であぐらをかいて成り行きを見守っていた。同じく、笹原に全てを委ねているらしい行司も、口を閉じてじっと話を聞いていた。

「説明…もそうですが、出来れば…タケコさんにご協力頂けないかと考えております」

「協力？　あたしが？」

「実は、山根一茂というのはうちが追っている重要参考人なのですが…行方を眩《くら》ませております。所在が掴めないでいます。行司がタケコさんに接近したのは…山根をあるホテルで見かけたという目撃情報が取れたからなのです。山根はそのホテルでタケコさんによく似た人物と一緒にいたようなのです」

「あたしに…似た…？」

怪訝そうに眉を顰め、タケコは背後の伊吹を振り返る。伊吹は肩を竦めて難しげな表情を返した。よく似た…というのは、恐らく、笹原が目の前にしているすっぴんのタケコではなく、女装して着飾ったタケコの方だろう。身なりを整えていなければ、タケコはただの巨漢のおっさんだ。でかいから目立つとは言え、女装している時ほどのインパクトはない。

タケコもそれは気になったようで、笹原に確認する。

「それは…女装してるあたしと似た…って意味です？」

「はい。テレビ出演されている番組を拝見しましたが…その、かなりお目立ちになるので、見間違えることは余りないかと…」

「まあねえ。オカマは星の数ほどいるけど、あたしサイズはなかなかいないものね」

遠慮がちに言う笹原に、タケコは渋い表情で同意した。タケコの身長は高く、長身の伊吹をも超えている。ハイヒールを履けば百九十近くにもなるのだ。日本人のオカマではなかなかいないビッグサイズである。

「なので、こちらとしても山根と会っていたのはタケコさんだと断定し、山根に繋がる情報はないか、失礼ながら調べさせて頂いていたのです」

「でも、本当に知らないのよ。何も出なかったでしょ？」

「はい。ですから…情報が間違いだったと考え、別の線から山根を捜そうと捜査方針を変えたのですが…」

「行司は指示を聞かなかったってわけか」

言いにくそうに語尾を濁した笹原に代わって、伊吹が先を続ける。ぴくりと反応して渋面で見て来る行司を、伊吹は一瞥しただけでそれ以上は言わずに、煙草を咥えた。

「私の指導不足で申し訳ありません」

「笹原さんがお謝りになることじゃないと思いますけど」

頭を下げる笹原にタケコはにっこり笑って返し、伊吹に飲み物を取って来てくれるように頼んだ。ひょいとタケコの巨体を飛び越えてキッチンへ向かった伊吹は、冷蔵庫からペットボトルを取り出して戻る。冷たい水を一口飲んでから、タケコは「それで」と笹原を促した。

「協力というのは？」

「山根はその…ゲイだという確認が取れておりまして、その手の店にも顔を出していたようなのです。居所を探る為に聞き込みに当たっているのですが、特殊性が強く…なかなか捜査が進んでおりません。そこで…タケコさんのお力をお借りできないかと…」

「あたしに力なんてないですよ」

「いえ。タケコさんは業界でも有名な方ですし、情報も多く入手出来る立場にあるかと思います。何分、我々には…限界がありまして…」

無理をして情報を手に入れようとすれば、行司の二の舞になりかねない。それを危惧《きぐ》した笹原が思いきって正面から協力を仰ぎに来たのは明白で、タケコは伊吹を振り返って見た。どうする？　とタケコに目で聞かれた伊吹は、仏頂面で小さく息を吐く。

「けど、この業界も狭いようで広いんだ。確実に力になれるとは言えないぜ」

タケコに代わって話しかける伊吹に、笹原は「構いません」と答える。山根の居所に関する情報は非常に少なく、希望を見いだせないような内容であっても縋るしかないのが現状だと説明した。

「我々は一刻も早く、山根を確保したいんです。どうかお願いします」

「……。その山根ってのは何をやらかしたんですか？」

重要参考人であるとは聞いたが、具体的にどういう犯罪に関わっているのかは分かっていない。声を低めて確認する伊吹に、笹原は一つ息を吐いてから答えた。

「振り込め詐欺や架空投資詐欺など、複数の案件の主謀犯だと見ています。山根の下で動いていた人間たちは逮捕出来ているのですが、主犯の山根だけ、逃がしてしまっています。山根を逮捕出来れば…事件の全容も解明出来ますし、一つの詐欺集団を解体出来るはずなんです」

よろしくお願いします…と頭を下げる笹原は真剣そのもので、伊吹もタケコも断れない空気を感じていた。お互いの顔を見合わせ、唇をへの字に曲げる。人がいいのはお互い様だ…なんて台詞を、それぞれの心の内で向け合った。

笹原に協力するのはやぶさかではない。一般市民…というには遠いかもしれないが…の務めとして、出来ることはしたいという気持ちも少しはある。だが。

「なんでお前、残されてんだよ?」

「タケコさんについて動くようにという主任の指示です」

「ハブにされてんのか?」

「そういうわけじゃありません」

タケコの了解を得た笹原はほっとした顔つきになって、伊吹を残していくと告げた。どう使ってくれてもいいですから…という台詞は歓迎しかねるもので、伊吹は連れ帰るように求めたのだが、笹原はさっさと一人で帰ってしまった。

神妙な顔で正座している行司を、タケコは眇めた目で見て、皮肉めいた台詞を吐く。

「あれじゃない。あの上司、本当はあたしのことを疑ってんのよ。だから、この子を見張りとして残していったんだわ。外交員みたいな顔して食えない男ね～」

「主任は…悪い人ではありません」

「置いて行かれた癖に庇《かば》うの～？」

そうじゃないと繰り返し否定する行司を嗤《わら》って、タケコは出かける用意をすると言って寝室へ向かった。寝直したりするなよと忠告して、伊吹はソファから立ち上がる。タケコが空にしたペットボトルをゴミ箱に捨て、キッチンで湯を沸かした。

「タケの支度は時間がかかる。コーヒーでも飲むか？」

「…頂きます」

軽く頭を下げて頷く行司に、伊吹は足を崩すようにも勧める。笹原と並んで座った時から行司はずっと正座していた。足の痺《しび》れを感じていたらしく、よろよろと座り直した行司は、キッチンの方へ視線を向けた。

「伊吹さん、捜査一課にいたんですね」

「……」

居間から聞こえる行司の声は緊張しているように感じられた。テレビ局で警察関係者だったのかと聞かれた時には答えを返さなかった。調べればすぐに分かることだ。行司とは二度と会わないつもりだったから、余計にどうでもいいと思っていた。

返事をしない伊吹に、行司は更に続ける。

「三年前…依願退職されたとありました。…どうしてですか？」

退職した理由を聞く声は更に緊張が高まったように思えた。伊吹は答えずに、用意したマグカップにサーバーを乗せる。フィルターを敷いて、コーヒーの粉を入れて。いつも通りにやっているつもりだったのに、心の片隅で動揺していたのか、僅かに粉を零《こぼ》してしまい、内心で舌打ちをした。

高校を卒業後、警察学校へ入り、警察官となって、憧れだった本庁の捜査一課の刑事にまでなった。それまでの苦労は並大抵のものではなく、人の倍働き、それが厭だとも思わなかった。捜一の刑事となった後も、厳しい環境下での仕事を厭《いと》うことなく、日々起きる事件と真摯に向き合っていた。

だが、三年前、自分で切り開いた道を自ら閉ざすことになった。退職後をどうするかなんて、考える余裕もないまま、全てを賭けてきた職を失い、茫然自失《ぼうぜんじしつ》となった。あれから多くの月日が流れ、警察にいた頃の自分を客観的に考えられるようになったと思っていたが、それも警察と関係のない世界に浸っていたからなのだと分かる。

テレビ局で行司が取り出した身分証を見た時、ちくりと胸の奥が痛んだ。小さな事実を見ないようにして、押し込めて来たのはまだ拘《こだわ》りが残っているからだ。そんな自分を仕方のない奴だと思いつつ、沸いた湯をサーバーへ注ぐ。答えない伊吹に対し、行司は重ねて聞くような真似はしなかった。行司に気を遣われていることを苦く感じながら、両手にマグカップを持ち、キッチンから居間へ戻った。

「ほら。熱いぞ」

「……ありがとうございます」

行司にマグカップを渡した伊吹は、自分の定位置であるソファへ座る。熱いコーヒーを啜るようにして一口飲み、カップの置き場として確保している雑誌の上へ置いた。行司は口では何も言わないが、答えを求めるように視線を向けて来ていた。伊吹は苦笑しながら小さく息を吐き、一言だけ、返した。

「向いてなかったんだ」

「……」

伊吹の答えを聞いた行司は微かに眉を顰め、何かを言おうとした。だが、すぐに躊躇《ためら》いを浮かべて口を閉じる。おしゃべりな人間は多い。ちょっと聞き込んだだけで、自分に関する情報は山ほど仕入れられただろう。退職する前に何があったのか、行司は聞き及んでいるのだろうと思いつつ、伊吹は煙草を手に取った。

行司を見ながら昔のことを思い出すと、タケコに言われた言葉が身に染みるように感じられた。秀ちゃんは年下の無茶するタイプをほっとけないもんね。とうに警察を離れている上に、一課ですらない行司の捜査がうまくいくのかどうか、自分が心配する必要はないと分かっているのに。

「…それで、お前は今後、具体的にどうするか、考えてるのか?」

「はい。まず、タケコさんと同じくらいの体格の女装家を全てピックアップして貰って、全部当たっていきたいです」

「タケと同じような体格ってなると…そうはいないが…」

「それと…昨日も伊吹さんに聞きましたが……タケコさんは本当に講演会などに出演していませんか？」

火を点けた煙草を吸い込み、白い煙を吐き出しながら、伊吹は行司を見つめた。行司の正体をまだ知らない時、やたらとスケジュールを聞いて来たり、講演会がどうのと妙な確認をするのを不審に思った。講演会というのは山根に絡んだ話なのかと聞く伊吹に、行司は真面目な顔で頷く。

「山根は架空の投資話を持ちかけて金を騙《だま》し取るという詐欺も行っているのですが、顧客を信用させる目的で有名人を招いた講演会というのを行っています」

「それにタケコが出てたって…？」

「タケコさんらしき人物が出演したのは講演会というより、投資セミナーといった感じの勉強会のようなものです。それに話のうまいオカマのエコノミストが講師として出ていたという、参加者の証言があるんです。グレースタケコという名前だというのも覚えていました。グレースタケコっていうのは、タケコさんの芸名ですよね」

「まさか。確かにグレースタケコってのはタケの名前だし、あいつはエコノミストでもあるが、そんな怪しげな投資セミナーなんかに出てないぞ。いつの話だ？」

「昨年の秋頃です」

「なら、絶対ない。俺が一緒にいた」

「…伊吹さんは…いつからここにいるんですか？」

自分が一緒だったからあり得ないと言い切る伊吹に、行司は不思議そうに問いを向ける。伊吹が答えずに、仕方なさそうな苦笑を浮かべると、行司ははっとした顔になって「すみません」と詫びた。

個人的な問いを口にしてしまい、反省する行司を見ながら、伊吹は小さく息を吐く。

「けど……だとしたら、そいつはタケの名前を騙《かた》ってるってことになるな…」

タケコは投資セミナーなどに出ていないのに、「グレースタケコ」が講師だったという証言があるのだ。誰かは分からないが、意図的にタケコの名を騙って暗躍しているのは間違いない。それは問題だなと伊吹が渋面で頭を掻いた時だ。「大問題よ！」と叫ぶタケコの声が居間に響いた。

「た…タケ。聞いてたのか？」

「狭い部屋だもの、聞こえて来たのよ！　あたしの名前を騙ってインチキセミナーに出たって奴がいるっての～？　許せないわ～」

「あの、本当にタケコさんは出てないんですね？」

控えめに確認を取る行司に、タケコは目を剥《む》いて「あるわけないでしょ！」と否定した。化粧の途中で飛び出して来たタケコの顔は、中途半端な状態で、かなりのホラーだ。行司は怯えた様子でかくかくと頭を動かして頷き、助けを求めるように伊吹を見た。

「タケ。怖いから、仕上げて来いよ」

「怖いって何よ⁉」

「鏡見てみろよ」

伊吹がその辺にあった手鏡を向けると、それを覗き込んだタケコは納得して寝室へ戻って行く。行司はほっと息を吐き、少し声のトーンを落として話を続けた。

「…では、ホテルで山根と一緒にいたのを目撃されたオカマというのも、投資セミナーでタケコさんの名前を騙った人物と同じかもしれませんね」

「その可能性は高いな」

「やはり当てはまりそうな人間を順に当たって行くべきかと」

行司の言葉に頷き、伊吹は短くなった煙草を灰皿に押しつける。マグカップを手にしてコーヒーを飲むと、雑誌のインタビューが終わったらルクレツィアの店へ行こうと提案した。ルクレツィアはタケコ以上に業界に詳しい。相談相手には最適だと言う伊吹に、行司は真剣な表情で頷いた。


タケコの用意が済むと、行司も一緒に出版社の編集者と待ち合わせているホテルへ向かった。ホテルの一室で行われた雑誌のインタビューが終わったのは十時前で、それからルクレツィアの店へ移動した。

ルクレツィアの店は相変わらずの盛況ぶりだったが、カウンターの端を占領して、ルクレツィアを相談相手として呼びつけた。山根については伏せ、自分の名前を騙っているオカマがいるらしいので見つけたいのだと、鼻息荒くタケコが説明する。

「あんたの名前を騙るって、いい度胸ねえ。そんなオカマ、いるかしら」

「それがいたのよ。お姉さんも協力して頂戴。そういう輩に心当たりない？」

「あんたを騙るにはまず体格が必要よね」

確かに…とルクレツィアの意見に皆で頷き、タケコ並の体格を誇るオカマを挙げていく。あの店のあいつが怪しい、ならあっちの店の…と、タケコとルクレツィアが記憶を探りながら口にする名前を、行司は順番にメモしていった。他にも顔馴染みのオカマに聞き込み、深夜過ぎまでの間に、対象は五人に絞られた。

「…取り敢えず、この五人を当たってみるか」

「そうですね。じゃ、早速…」

行きましょうと即行動に移ろうとする行司を、伊吹は「待て」と止める。伊吹が指し示した先を見た行司は、何とも言えない顔で沈黙した。伊吹の隣ではタケコがご機嫌でコロナビールをラッパ飲みしている。他のオカマたちと盛り上がり、かなり酒が入ったタケコはご機嫌だ。

「動かないぞ。たぶん」

「なら、俺だけで行って来ます」

捜査対象とする五人の名前や居場所に関する情報はメモしているので、一人で行くと言う行司を伊吹は怪訝そうに見る。当てもなく聞き込みに回らなくてはいけないわけではないが、対象は皆、一癖ある相手ばかりだ。特殊な業界でもあるから、行司だけでうまくやれるとも思えない。

「お前だけじゃ無理だ」

「でも…早く手がかりを見つけたいんです」

大丈夫ですから…と行司は言うが、伊吹は頷けなかった。タケコがなんて言うか、おおよそ予想はついていたが、思い切って「タケ」と声をかけた。

「行司が今から調べに行きたいって」

「あたし、無理。お酒飲んじゃったし、ヒール履いてるから、足が痛くなるもの」

「だったら、俺と行司だけで行って来るぞ。…こいつ一人じゃ無理だから」

そう？　と肩を竦めるタケコは物言いたげな顔をしていたが、伊吹は敢えて無視して、行司を連れ立ってルクレツィアの店を出た。混み合う店内から外へ出た行司は、申し訳なさそうな顔で伊吹に訴える。

「伊吹さん、俺、一人で行って来ますから」

「何言ってんだ。ジョージの店で顔引きつらせてたような奴が」

「あれは…」

行司にとっては苦い思い出らしく、困ったように顔を顰める。それ以上は言えない行司を「行くぞ」と促し、伊吹は慣れた足取りで歩き始めた。タケコたちが怪しいと踏んだ相手の名前や居所は、隣で聞いていたから頭に入ってる。手近なところから始めようと、目的地へ向かう伊吹の背中に、行司は躊躇いがちに声をかけた。

「伊吹さん、あの…場所は分かってるんですか？」

「伊達にタケのお付きで毎晩繰り出してるわけじゃない」

タケコたちの話を聞き、対象者の名前や店名などはメモしていたので、その場所を調べるところから始めようと考えていた行司にとって、案内してくれる伊吹の存在はこの上なく有り難いものだった。余計な時間を割かずに済むし、それに、夜の街を歩いてみると改めて一緒にいてくれるのが心強く感じられる。

その手の店が集まる街に集う客は、もちろん、その手の人種が多い。行司はゲイとして特にもてる外見ではないものの、清潔感のある小綺麗な容姿は万人受けするものだ。歩いているだけで不躾《ぶしつけ》な視線を向けられるのに、内心で辟易《へきえき》しつつ、斜め前を歩く伊吹をじっと見つめた。

「……伊吹さんは…そういう趣味はないって言ってましたが…本当にそうなんですか？」

「なんだそれ。俺が嘘を吐いてるって？」

「…だって…平気そうだから…」

「毎晩のように来てるんだ。しかも、同居人があれだぞ。慣れる」

平然と言う伊吹を行司は首を傾げて見る。「慣れですか…」と繰り返す声に疑いが混じっているような気がして、伊吹は歩きながら行司をちらりと振り返った。

「俺がゲイだとしても、隠さなきゃいけない理由なんかないだろう」

「確かに……そうですが…。伊吹さんがこういうところに出入りするようになったのは、タケコさんの影響ですか？」

「…俺のことなんかどうだっていいだろ」

お前が気にしなきゃいけないのは山根に繋がる情報を見つけることだ。肩を竦める伊吹に指摘され、行司は悔いるような表情を浮かべて口を閉じる。間もなくして、目的地に辿《たど》り着き、伊吹は行司を連れ立って店へ入って行った。


一軒目に訪れたのはルクレツィアのところよりもこぢんまりとした、スナック的要素が強い店だった。ドアを開けた時点で店内全体が見渡せ、カウンターの中にいる着物姿のオカマが「いらっしゃい」と出迎えてくれる。

「蘭子《らんこ》さんっている？」

椅子には腰掛けず、愛想のいい笑みを浮かべて聞く伊吹に、店のママらしきオカマは不思議そうな表情を浮かべながらも、奥の席へ視線を向けた。六名ほどが座れるボックス席では客と店子が賑《にぎ》やかに盛り上がっている。どれが蘭子なのかは聞かずとも分かった。タケコを騙るのに必要なのはタケコに匹敵する巨体だ。

「ちょっと聞きたいことがあるんだけど、呼んで貰えないかな」

伊吹の求めに応じ、ママは奥の席へ向かって「蘭子ちゃん」と呼びかけた。案の定、立ち上がったのは、一番体躯の大きなオカマで、「はあい」とドスの利いた声で返事しながらやって来る。

どういう方法で聞き込みするかは、事前に行司と打ち合わせていた。山根と繋がりがあるかもしれない相手に警察だとは名乗れない。警察が追っているのだとバレれば密かに逃がされてしまうかもしれない。ここは同じような投資セミナーを企画している同業者の振りをして探ろうと決めた。

「蘭子さんって、去年の秋に投資セミナーに講師として出演してなかったかな」

「投資セミナー？　そんなのにあたし、出てないわよう」

「大柄だけど綺麗なお姉さんで、すごく分かりやすい説明だったって評判を聞いてさ。調べてたら、蘭子さんじゃないかって言われたから来てみたんだけど…」

うちでも出演を頼みたい…と、主催者を装って尋ねる伊吹に、蘭子は怪訝そうに首を傾げたままだった。その反応を見て、蘭子ではないのだと判断し、もしもそれらしい人が分かったら連絡をくれないかと頼む。蘭子は綺麗だと言われたのに気をよくしており、聞いてみるわと言って携帯の電話番号をメモした紙片を受け取った。

蘭子だけでなく、ママにも愛想よく礼を言い、店を出る。伊吹の聞き込みは手慣れたものので、行司は「さすがですね」と感心する。

「なんだよ。さすがって」

「いや…警視庁の顔と言われる捜査一課に二十代で配属されるような人は違うなというか…」

「お前だって、若いのに二課の刑事やってんじゃねえか」

「俺は…」

同じようなものだと言う伊吹に対し、行司は微かに顔を曇《くも》らせて言い淀《よど》む。口にしかけた言葉を飲み込み、「何でもありません」と否定する行司の態度は裏腹なものだった。スマートにやろうとしているのだろうが、ところどころに若さ故の綻びが見える。伊吹は苦笑して、自分に取り繕う必要はないと諭した。

「俺は捜査対象者でも、同僚でも上司でもない。俺からお前の本音が漏れることもないよ」

「……」

「二課の仕事が不満なのか？」

伊吹の問いかけに対し、行司は首を横に振った。戸惑いを浮かべながらも、ぽつぽつと自分の考えを口にする。

「…今の部署に配属されたのは…光栄だと思っています。本庁の二課で扱う事件の規模は大きくて、やりがいが感じられますから。…ただ…」

「上司か？」

「……主任は…とてもいい方ですが、どうも…詰めが甘いというか…。笹原班全体もぬるい感じで…本丸に辿り着くのに時間を要し過ぎて、逃がしてしまうとか…そういうところがあって…。俺は…今回の山根を…絶対に捕まえたいんです。ですから…」

「単独行動で、タケコをつけ回したと」

「正直、タケコさんに気づかれているとは…思ってませんでした。慎重に尾行していたのですが…」

「あいつは第六感が働くんだよ」

この辺にアンテナ立ってるんだ…と伊吹は渋い表情で、頭の上に指を立ててみせる。おどけた仕草に行司が少しだけ頬を緩めるのを見て、苦笑しながら二課で働き始めてどれくらいになるのか聞いた。

「もうすぐ…二年になります」

「一つの班を任せられるような人ってのは、それなりの経験と能力があるんだ。お前にどれだけ能力とやる気があったとしても、経験にはかなわない。特に俺たちの仕事ってのは人間相手だから…」

親身になって話していた伊吹は自分のミスに気づいて、はっとする。俺たちじゃねえな…と頭を掻いてぼやく伊吹の顔は、顰めっ面になっていた。苦々しげな舌打ちが夜の街に重く響く。伊吹は気分を切り替えるように大きく息を吐いてから、「とにかく」と続けた。

「…お前にも主任の考えや気持ちを理解出来る時が来る。あの主任、いい上司だと思うぞ。カオスなタケの部屋にもめげず、真摯な態度で協力を頼んで来たじゃないか。お前が最初にうちに来た時の方が、態度悪かった」

「だって……仕方ないですよ。あの状態は…」

「どんな時でも顔や態度に出さない術が必要だ。出てしまったとしても、相手に本心は見抜かれないような取り繕い方もな」

笹原が腹の底でどう思っているかは分からないにせよ、その態度や対応の仕方は協力を得るには十分のものだった。詰めの甘さがあるのはお前の方じゃないのかと伊吹に指摘された行司は、眉を顰めて黙りこくる。

拗《す》ねたようにも見える顔には幼さが感じられて、伊吹は仕方なさそうな苦笑を浮かべる。向こう見ずな後輩を諭した昔を思い出し、わき上がって来た苦い気持ちを押し込めて、次の相手を探しに行こうと行司を促した。


ルクレツィアの店を出た時には既に深夜を過ぎていたこともあり、三人目まで当たったところで夜が明けた。それまでは運良く一発で目当ての人物に行き当たったが、白んできている空を見て、伊吹は残りは明日にしようと提案する。

「そろそろ店じまいするところも多い。仕切り直して、明日にした方がいいだろう」

「分かりました。…タケコさんたちが見当をつけてくれたのはあと二人ですが…どちらも違ったら、また新たな該当者を考えて貰わなきゃいけませんね」

「それは残りを当たってから考えよう。…お前、自宅は？」

何処に住んでいるのかと尋ねる伊吹に、行司は田端《たばた》の独身寮だと答えた。既に始発の時刻は過ぎ、電車は動き始めている。夏の暑さも収まり、日一日と秋の気配が濃くなっている時期だ。明け方の空気はひんやりしたものに変わりつつある。

「また急に冷え込んで来やがるんだろうな。暑いのよりはマシだが、寒いとタケが冬眠するのが厄介なんだ」

「冬眠…ですか…」

顔を顰めてぼやく伊吹が口にした言葉を、行司は神妙な顔つきで繰り返す。性別を超越した存在であるタケコには、冬眠という人間にはない行動も相応《ふさわ》しく思えてしまう。実際、その「冬眠」によって被害を被っている伊吹は、顰めっ面でつけ加えた。

「夏の間は素っ裸で寝てる癖に、ある日突然、寒いって言い出して、布団から出て来なくなるんだ。あれだけ脂肪を巻き付けてるんだから、平気そうに見えるんだが」

「はあ…。伊吹さんも大変ですね」

「これから年末にかけてテレビの仕事が忙しくなるみたいだし、面倒が多いのは確かだ」

「タケコさんは芸能事務所などに入ってないという話でしたが、そういう仕事は伊吹さんが取ってるんですか？」

行司にはタケコのマネージャーをしていると話したし、テレビ局へも一緒に行っている。テレビ局のスタッフと親しくしている様子を見ている行司が、小さな誤解を抱いている様子なのに、伊吹は首を横に振った。

「いや。実はタケの姉貴がテレビ東都に勤めてるんだよ。だから、タケの仕事はテレビ東都関係のものがほとんどで…最近は有名になったこともあって、他の局の番組にも出たりしているが、それも全部光代さん…っていうのが姉貴の名前なんだが…の手配だ」

「タケコさんにお姉さんが…」

タケコの女装姿を想像しているに違いない行司に、伊吹は真面目な顔で「似てるぞ」と肯定する。行司は微妙に引きつった顔で「じゃ、美人ですね」とおべっかともつかないことを言った。

「本気で言ってんのか」

「タケコさん、顔立ちは整ってると思いますけど…」

「顔立ちは」

語尾にアクセントを置いて繰り返し、伊吹はにやりと笑う。自分が問題のある発言をしてしまったのに気づいた行司ははっとして、「違いますよ」と否定した。

「悪い意味とかではなくて」

「分かってるって。…お前、兄弟は？」

「姉がいます」

何気なく聞いただけだったのだが、行司が姉と言ったので、つい考え込んでしまった。タケコと光代は性別が違ってもよく似ている。行司のところもそうなのだろうかという考えは本人に伝わっていた。

「うちも似てますよ」

「…お前と似てるんなら、美人だな」

穿《うが》った意味はなく、素直な感想だったのだが、行司は微かに眉を顰める。だが、否定はしなかったので、本当に美人なのだろうと思われた。行司の顔は小作りで、アーモンド型の瞳も、ほどよく通った鼻筋も、控えめな唇も、女性としての美人の要素を全て兼ね備えている。

ただ、男性である行司にとっては自慢出来ることではないのだろう。眉を顰めたままの行司に、伊吹は笑って「いいじゃないか」と声をかける。

「美人の方が」

「…うちは母も同じ顔で……そっくりだと言われるのが小さい頃から好きじゃなかったんです。女みたいだって言われてるのと同じなので」

「そうか？　俺は好きだぞ」

気にしているらしい行司がぼそぼそ言うのを励《はげ》ますつもりで、伊吹は明るく言った。深い意味など一切なくて、野菜の好き嫌いを聞かれた時のような、ごく普通の感想を口にしただけのつもりだったのに、行司が目を丸くして見て来るものだから、たじろいでしまう。

まさか、おかしな誤解を生んでしまったのかと、伊吹は慌てて否定した。

「ち、違うぞ。変な意味じゃなくて…普通に好みだって、そういうことだからな。だから、お前と同じ顔なら、お姉さんとか、お母さんとか……はまずいだろうが、そっちの方ならいいなと…」

「……。姉は結婚しています」

真面目に答える行司に「そうか」と答え、伊吹は困った気分で頭を掻いた。ゲイではないと否定しているものの、そういう人間とばかり会って来たから、悪い影響を受けているのだろう。言葉に詰まった伊吹に、行司は同じ問いを向けた。

「…伊吹さん…兄弟は？」

「俺？　俺は一人っ子」

「そうなんですか。見えません」

「どういう風に見えるんだ？」

「三人兄弟の長男とか…」

しっかりしてるので…と行司が言うのを笑い、「そうでもないぞ」と返す。そこで分かれ道となり、次に合流する時間を決めて、駅の方へ向かう行司を見送った。角を曲がった行司が見えなくなると、伊吹は携帯を取り出してタケコに電話しようとした。時刻的には自宅へ戻っているかもしれない頃だ。番号を呼び出し、ボタンを押しかけた時、タイミングを計ったかのように携帯が鳴り始める。相手はタケコで、どきりとして電話に出た。

「…はい」

『ここよ』

ここ、という言葉を不思議に思いつつ辺りを見回せば、通りを挟んだ向かいのハンバーガーショップからタケコが手を振っている。これは…単なる偶然なのだろうか、それにしては出来過ぎているような…と、訝しく思いつつ、携帯を仕舞って車道を渡り、タケコの元へ向かった。

二十四時間営業のハンバーガーショップには、早朝であるにも関わらず多くの客がいた。コーヒーだけ買ってタケコの元へ向かうと、席に着く前からじっとりとした目で見られる。

「なんだよ?」

「仲いいのね」

タケコがいた席からは行司と別れた場所がよく見える。仲がいいと指している相手は行司だと分かるが、嫉妬めいた視線を向けられる覚えはなかった。だが、行司と別れる前に話していた内容が頭に浮かび、つい動揺してしまった。

「な、何言ってんだ」

「秀ちゃん、動揺してる!」

「違うって…」

ただ…何気なく「好きだ」と口にしたのに、行司が敏感な反応を示したのが頭に残っていただけだ。違うと繰り返し、伊吹はわざと険相を作ってタケコの前で手を振った。タケコはそんな伊吹の様子を益々怪しみ、八つ当たりのようにハンバーガーに齧《かじ》り付く。

「容疑者捜しとか言って、実は行司くんとしけこんでたんじゃないのう?」

「しけこむって……お前、死語だろ。それ」

「ごまかさないでよっ」

「だから、何をごまかすって言うんだよ。俺と行司の何を疑うっていうんだ？　お前とルクレツィア姉さんが挙げた人間を当たってただけだって」

「秀ちゃんにその気がないのは知ってるけど、分からないわっ。行司くん、可愛いものっ。秀ちゃんが好きな、何とかっていう女優に似てるしっ」

「あのなあ…」

　鼻息荒く嫉妬心を剥き出しにするタケコに呆れながらも、行司の顔立ちが好みだと思った理由が分かった。タケコの言う通り、確かに行司は伊吹の好みである女優に似ていた。それであんなにするりと好きだという言葉が出て来たのだなと自分で納得し、買って来たコーヒーを飲んだのだが、タケコはしつこく憤慨しており、ねちねち疑いを口にする。

「マリアンナたちも言ってたもの。誰にもつれない態度の秀ちゃんが行司くんにはやけに親切だって。秀ちゃん、実はノンケ好きなんじゃないかって」

「おかしな妄想を勝手に膨らませてんじゃねえぞ」

　自分にそういう気がないのを一番分かっているのはタケコなのに。それにタケコは行司に協力せざるを得ない、自分の性格や事情をよく理解しているはずだった。伊吹はコーヒーの紙コップを置いて、溜め息交じりにタケコに言った。

「俺が行司に協力してやらなきゃって思うわけを、お前はよく分かってるだろう」

「…そうだけど…」

「関わった以上…失敗したくないんだ」

だから、一人で行かせることも出来なかったと伊吹が言うのを聞き、タケコは仏頂面で唇を尖らせた後、「ごめんなさい」と謝った。しょんぼりしているタケコに苦笑して、伊吹はハンバーガーをもう一個どうだと勧める。ハッシュドポテトがいいと言うタケコのリクエストに応え、レジカウンターで買って来た。

「ほら」

「ありがと。…秀ちゃん」

「ん？」

「あたしたちが初めて会った時も、あたし、これ食べてたわよね」

「ああ…そうだったな」

「倉田《くらた》くんが美味《うま》そうですね、って声かけて来て」

ああ…と相槌を打ち、伊吹は目尻に皺を浮かべて笑う。表情は緩められるものの、倉田の名を聞いただけで心がきゅっと締め付けられるように感じた。懐かしいなと単純に思えるにはまだ時間が足りていないのだと思い知らされる。

タケコと出会った頃、伊吹は捜査一課の刑事として新宿のショーパブで起きた殺人事件の捜査に当たっていた。タケコの身近にいた人物が犯人として逮捕されたのだが、その捜査中に伊吹とタケコは親しくなった。当時、伊吹と組んでいた後輩の刑事はその後亡くなり、それが警察を辞めたきっかけにもなった。

今も傷として残っている過去について行司に聞かれた時、何も話せなかったのが思い出され、もやもやとした気持ちがわき上がった。煙草が吸いたくて灰皿を探したけれど、何処の店も喫煙席は隅に追いやられている。タケコが座っていたのも禁煙席で、伊吹は諦めてコーヒーを飲んだ。

「…行司が刑事じゃなかったら、ここまで関わってなかった」

「そうね。…それで、どうだった？」

「三人まで確認が取れた。全部空振りだったけどな。今晩、残りの二人を行司と捜しに行って来る。お前も来るか？」

「いいです。歩き回って誰かを探すなんてあたしには出来ないわ。残りって誰？」

「ダイアナと豆吉《まめきち》。豆吉が気になってんだけどな」

「あたしもよ」

豆吉という名のオカマはしばらく前にタケコの周囲に頻繁に顔を見せていた。テレビに出演する以前からタケコは業界内では有名で、その周囲には常に人が絶えなかった。ただ、夜の世界だけに入れ替わりは激しい。毎晩のように一緒に飲んでいた相手もある日突然、姿を見せなくなったりする。

それぞれが複雑な事情を抱えているのがデフォルトの世界だ。顔を見かけなくなってもそれが当たり前のようなもので、いちいち気にかけたりはしない。豆吉もそういう人間の一人だった。

「ダイアナは店が分かってるけど、豆吉は働いてるわけじゃないから厄介だな。あいつっていつから見かけなくなったんだっけ？」

「去年の夏くらいよ。今年の初めに、乙姫《おとひめ》姉さんが見たって話を聞いた覚えがあるんだけど、着飾ってはなくって、ムキムキマッチョになってたって」

だから、女装はやめたんじゃないかとタケコは言うが、投資セミナーにタケコの偽物が出たのは去年の秋だ。時期的には豆吉であってもおかしくない。とにかく、一度捕まえて話を聞かなきゃいけないと言う伊吹に、タケコは仲間内に手配はかけていると伝える。

「目撃情報が入り次第、メールくれるように頼んであるわ」

「お前らの情報網は堅いからな」

頼りにしてる…と伊吹に言われたタケコは小鼻を膨らませて「任せておいて」と胸を叩く。窓の向こうを見れば、次第に高く上がっていく太陽が街を照らし始めている。自分たちには不似合いな明るい世界がやって来る前に家に戻ろうと、伊吹はタケコを促した。


夜十時。ルクレツィアの店で行司と合流した伊吹はタケコに見送られて、残り二名のオカマを捜しに出かけた。予想通り、ある店で働いていたダイアナはすぐに見つかったが、投資セミナーになど出た覚えはないということで、嘘を吐いているようにも見えなかった。

残りはタケコの取り巻きだった豆吉だが、その目撃情報は集まっていなかった。

ダイアナが勤める店を出て、次の行き先を考えながら伊吹は呟き、行司を見る。

「…取り敢えず、出没してそうな店を覗いてみるか。……」

「何ですか？」

じっと見て来る伊吹の視線に違和感を覚え、行司は不思議そうに首を傾げる。昨夜も今夜も、訪ねた先は女装したオカマの集う、比較的明るい雰囲気の店ばかりだった。しかし、豆吉が現れそうなのは違った種類の店だろうと、伊吹はタケコと予想していた。

「最後に残った…その豆吉って奴なんだけどな。タケの回りをうろついてた時は女装してたんだが、やめたらしいんだ」

「そうなんですか。じゃ…素顔で？」

「それもそうだが…皆がこの辺りに集まって来るのにはそれぞれの目的がある。ルクレツィア姉さんの店で集ってる奴らはどっちかっていうと、女装して飲んで騒ぐのが目的だが、相手を探す為だけに来てるって人間の方が実は多い」

「相手……」

どういう「相手」なのかは伊吹にも想像がついたらしく、微妙に顔が強張るのが分かった。ジョージの店で店子や客にもみくちゃにされ、逃げ帰ったことのある行司だ。困惑した表情が深まっていくのを見ながら、伊吹は厳しい現実をつきつける。

「これから行くのは…そういう店なんだが、大丈夫か？」

「……へ、平気です」

「全然、平気じゃなさそうだぞ」

「大丈夫です。お気遣いありがとうございます。この前の…あの店みたいな感じなんですよね？　心構えは出来てますから、お気遣いなく。行きましょう」

実際、行こうとしている先は、ジョージの店よりもかなりディープだと伝えようかどうか迷ったが、行司を怖がらせるだけだと思い、「分かった」と答えた。緊張した顔つきの行司を連れ、目当ての店へ向かう。ビルの四階にある店へ入る前にルクレツィアに電話をかけ、中へ入れるように話をつけて貰った。

「会員制なんだ。姉さん、顔が広いから」

「助かります」

店に近づくにつれ、行司の態度や言葉遣いがぎこちなくなっていくのを感じていた。伊吹は外で待っていたらどうかと勧めたのだが、自分の職務であるからと譲らない。仕方なく、二人でエレヴェーターに乗り込もうとしたものの、ドアが開いた途端、行司を怯えさせるような光景が飛び込んで来た。

「…‼」

エレヴェーターの中では二人の男が絡み合うようにして抱き合い、ディープキスをしていた。目を見開き、硬直する行司を気の毒そうに見て、伊吹は頭を掻きながら乗り込む。キスしている男たちは伊吹と行司に全く構わず、エレヴェーターを降りる様子もなかった。

固まっている行司の手を引いてエレヴェーター内へ引き込み、四階のボタンを押す。行司は決して背後を見ないようにドアの真ん前に立ち尽くしていたが、乗り合わせた二人組は激しく弄りあっているものだから、気配は十分に感じられる。

行司の反応は男同士であることに嫌悪感を抱いているというのではなく、そういう行為自体に不慣れなように見えた。四階に着き、ドアが開くと同時にエレヴェーターから飛び降りた行司の後を追い、伊吹も外へ出ると「大丈夫か？」と気遣った。

「だ、大丈夫です…」

「ここで待っててもいいぞ？」

中はあんなのだらけだし、あれはまだ可愛いものだと伊吹から聞いた行司は、顔を青くしたけれど、頑としてついて行くと言い張る。伊吹は溜め息交じりに、自分から離れないようにという忠告だけして、店へ向かった。

コの字型に曲がっている廊下の突き当たりにドアがあり、その前に複数の男がたむろしていた。近づいた伊吹がルクレツィアの紹介だと告げると、ドアを開けてくれる。中は真っ暗の上に、入ってすぐのところに分厚いカーテンがかかっている。それを捲って奥へ進もうとする伊吹のシャツを、行司は反射的に掴んだ。

「す、すみません…」

不安を覚えてつい縋ってしまったのを恥ずかしく思い、慌てて離れようとする行司の手を伊吹は力強く掴んで引き寄せた。足下も見えない暗闇に臆するのも無理はない。「大丈夫です」と遠慮しようとする行司の手を握ったまま、伊吹は店の奥へ進んで行った。

通路の奥へ進んで行くほどに、少しずつ照明が増えていき、視界が効くようになるが、辺りの様子が分かるほどではない。再びぶつかったカーテンを捲ると、更に明るくなり、今度は客の姿が確認出来るくらいになった。

だが、それはそれで、行司にとっては辛い事態であった。どの客もエレヴェーター内で目撃したような行為に及んでいる。見る場がないとはこのことで、行司は顔を俯《うつむ》かせて伊吹に連れられるまま歩いて行くしかなかった。

店は盛況で、大勢の男たちが互いを確かめ合っている。暗い店内を泳ぐように歩きながら、伊吹は豆吉の姿を探した。体格的に豆吉に近い男を見つけると、近づいて確かめる。だが、それらしき男は見つからず、空いていたカウンターに行司と並んで寄りかかった。

店内に入ってから、伊吹はずっと行司の手を握っていた。伊吹の方は余り意識しておらず、カウンターに寄りかかっても握ったままだったのだが、控えめな口調で「離して下さい」と行司に言われる。

「あ…ああ。すまん」

「…いえ…」

世話になってるのは俺の方ですから…と、行司は俯いたままぼそぼそ言う。恥ずかしそうな様子はかえっておかしな意識を抱かせて、伊吹は困った気分で頭を掻いた。そんなつもりはないと言った方がいいだろうか。だが、それも逆効果な気もする。

こういう場合はスルーするのが一番だと思い、小さく息を吐いてから呟いた。

「…ここにはいそうにないな」

「店の人に聞いてみますか？」

「いや。今も豆吉と名乗ってるかどうか分からないし、背格好だけじゃ分からないだろう」

「そうですね」

店内の方を見ている伊吹がそう言うのに、行司も難しい顔で同意する。全体的にかなり薄暗いが、行司にとっては直視しがたい光景が広がっているせいか、視線を落としたままだ。行司の怯えた様子を可哀想に思い、伊吹が店を出ようと提案しかけた時だ。

「っ…‼」

いきなり、行司が大きく息を呑んで飛び上がる。はっとして隣を見れば、行司の向こうに男が立っていて、彼の腰を抱えるようにして引き寄せていた。

「可愛いね。一人？」

そもそも、出会いの場であるのだから、男を責めるわけにはいかない。行司の手を離した自分の責任だと反省しつつ、伊吹は男の手から奪い返すようにして行司を自分の方へ引き寄せる。

「悪いな。俺のだ」

きっぱりと宣言する伊吹を男は驚いたように見て、さっと手を離した。笑みを浮かべて「ごめん」と詫び、カウンターを離れて行く。行司の身体がかちんこちんに固まっている

のを感じながら、耳元に唇を寄せるようにして「出よう」と告げた。

「……」

ぎこちなく頷く様はロボットのようだ。伊吹はぎくしゃく歩く行司を連れて店を出ると、人気のない場所まで連れて行き、「大丈夫か?」と何度目かの確認をした。行司は大きく息を吐き出し、こくこくと頷く。

ジョージの店から青い顔で逃げ出して行った時は、男に触れられたのに拒絶反応を覚えたのだろうと思っていた。だが、こうして見ると、男女は関係なく、行司は人との触れ合いそのものに免疫がないように思える。

もしかすると…という考えが浮かんだけれど、三十目前の男にとっては失礼な質問でもあると考え、口にしなかった。代わりに、豆吉は自分一人で探すと改めて申し出る。

「他にいそうなところも似た感じの店なんだ。だから…」

「本当に平気です。心配は無用ですから」

「……」

そう言いながらも行司の顔には戸惑いが浮かび、耳も赤くなっている。それが片方だけであるのに気づき、伊吹は不思議に思ったが、余り気にせずに「分かった」と告げた。時間がもったいないから、さっさと次の店を当たろうと提案してくる行司に頷き、エレヴェーターへ向かう。

ボタンを押した行司は恐る恐るドアが開くのを待っていたが、先ほどのような珍事はなく、ほっとした顔でエレヴェーターに乗り込む。続いて乗った伊吹は、エレヴェーターの壁面に凭れかかって一階のボタンを押す行司の背中を眺めていた。

その時、唐突に片耳だけが赤い理由を思いついた。

「……」

さっき、店の中で行司を庇おうとして身体を引き寄せ、何気なくそのまま耳元で出ようと告げた。自分が唇を寄せた耳の方だけ、赤くなっているのだ。その事実は伊吹を困惑させ、何とも言えない気持ちにさせた。

「伊吹さん?」

だから、エレヴェーターが一階についてドアが開いてもすぐに動けなかった。不思議そうに見て来る行司に、もごもごとごまかし、足早に彼より先に出る。元々、うぶな時期はあっという間に通り過ぎていたし、タケコとつるんでいる内にすっかり心が擦《す》れてしまっていた。今ではどんなに卑猥《ひわい》な光景にも、下品な言葉にも、慣れっこで動揺することもない。

それなのに、行司の純真な様子にノックアウトされそうになるなんて、逆にあり得ないなと、自分を深く反省した。

それに行司は男だ。自分の選択範疇《はんちゅう》にはない存在である。自覚は全くないが、やはり環境に毒されて来ているのか。そんなことを思ったものの、行司の耳の色が戻る頃には、伊吹の気の迷いも綺麗に消えていた。

「ここにもいませんでしたね…」

「ああ。他を当たるか」

次に豆吉がいそうな場所として挙げられた店は先ほどよりはソフトなところで、伊吹が行司を常に抱き寄せている必要まではなかった。それでも行司のすっきりした顔立ちや、清潔そうな雰囲気に惹《ひ》かれる男は多く、伊吹は自分のものであると、再び公言しなくてはならなかった。

しかし、また空振りに終わり、三軒目に向かおうとした時だ。伊吹の携帯が鳴り、タケコから有力情報がもたらされる。

『秀ちゃん。「R《アール》」って店にそれらしいのがいるって目撃情報が入ったわ。ちょっと行ってみてよ』

「分かった。場所は？」

タケコから店の入るビル名と住所を聞き、伊吹は行司を連れてすぐに移動した。紹介は必要ないとのことで、雑居ビルの三階に入る店を直接訪ねた。ルクレツィアの店と同じくらいの広さがある薄暗い店内は盛況で、そこかしこで愛が育まれている。

タケコに入った情報が確かなら、この中に豆吉がいるはずだ。行司の為にも、自分の為にも、さっさと見つけてしまいたくて、行司の手を引きながら目を皿にして探していく。

豆吉はタケコほどではないが、長身の伊吹と同じくらいの身長があり、逞しかった。合致する体格の持ち主は何人かいたが、一人一人確かめていってる間に、何やら騒がしい気配を感じた。

「……」

店内は互いのことしか見えてないカップルばかりで、まったりとした雰囲気だったのだが、その中を慌てて出て行こうとしている人影が視界に入る。伊吹ははっとして、その後を追い始めた。

「伊吹さん⁉」

「豆吉だ！」

驚いて呼びかけて来る行司に伝え、伊吹は客を掻き分けて逃げる人影を追いかける。混雑している店内を、客を掻き分けるようにして移動しながら、少しでも引き留めようと思って大声で名前を呼んだ。

「豆吉‼」

伊吹の声に店中の客だけでなく、背を向けて逃げていた男も反射的に振り返る。暗がりの中でも豆吉だと確信が持てる顔をしかと捉え、伊吹は「待てよ！」と声をかけながら追いかけた。

豆吉は一瞬足を止めたものの、伊吹と目が合うとすぐに背を向けて、再び出口へ向かって逃げ始めた。ということは、豆吉には何らかの疚しさがあると考えて間違いない。豆吉とは最後に会ったのがいつかも思い出せず、揉めた覚えもない。豆吉は一方的に顔を合わせられない事情を抱えているのだと考えられる。

大勢の客を押しのけて店内を駆け抜けた伊吹は、店を出てすぐのところで豆吉に追いついた。腕を掴んだ伊吹に豆吉は抵抗を見せたが、体格はよくても、専門的な訓練を受けた伊吹にかなうはずもない。

「いた…っ…痛い、痛いですっ…伊吹さんっ…」

「なんで逃げんだよ?」

腕を捻り上げられ、情けない声を上げる豆吉に、低い声で問いかける。そこへ息を切らした行司が駆けつけて来た。

「…その男ですか?」

「ああ」

伊吹は行司に答え、豆吉に逃げないと約束させた上で、手を離した。肩を押さえた豆吉はしゅんとした様子で背を丸めて床に座り込み、「ごめんなさい」と詫びる。何の騒ぎかと店から様子を見に出て来る客も多く、伊吹は豆吉を立たせて場所を変えようと行司に提案した。

店のある三階から一階へ下りると、エントランス近くで連行していた豆吉の腕を離した。逃げられないように壁を背にして立たせ、投資セミナーにタケコの名を騙って出たのはお前かと確認する。

豆吉は俯いたまま、力なく頷いた。つき合いがあった頃とは違い、女装はしておらず、もてる為に鍛えたのであろう身体はありがちなマッスルボディだ。けれど、中身は変わってないようで、めそめそと泣き始めた。

「本当にごめんなさい。あの頃、お金がなくって、つい美味しい話に釣られてしまったの」

「なんでタケの名前を騙るような真似をしたんだ？」

「ただのオカマじゃインパクトがないかなと思って。タケコお姉さんはエコノミストとして有名だし。体格もちょうど似てるから、派手に女装すれば似てるように見せかけられるかもって思ったんです…」

「タケが聞いたら激怒するぞ」

あんたみたいな不細工と一緒にしないで頂戴…と鼻息荒く憤慨するタケコの顔が浮かんで、伊吹は溜め息を吐く。何度もタケコの名を騙っていたのかという伊吹の問いかけには、豆吉は首を横に振った。

「違いますっ…一度きりなんです。信じて下さい…！」

「豆吉さんは誰からその仕事を受けたんですか？」

それまで黙っていた行司に尋ねられた豆吉は、訝しげな顔で伊吹に誰なのかと尋ねる。

「いいから答えろ」と素っ気ない口調で伊吹に命じられ、慌てて名前を挙げた。

「大吾《だいご》って…『エムズバー』って店の店子やってた子なんだけど…」

「大吾…ですか。名字は？」

「知らないわ。大吾ってのも本名かどうか分からないし」

それが行司が行方を追っている山根であるかどうかは判断出来なかった。幾つもの詐欺事件の首謀者である山根が、投資セミナーへの出席を直に頼んだというのも考えにくい。ただ、大吾という男が山根と繋がっている可能性は捨てきれなかった。

「…もう一つ。最近、恵比寿《えびす》のホテルへ行かれたりしましたか？　先月上旬です」

「恵比寿？　いいえ。先月上旬といえば…仕事でシカゴに行ってたから…」

日本にはいなかったはずだと答え、豆吉は行司にどういう意味なのかと尋ね返す。伊吹は行司への問いかけを遮り、お前のせいで大迷惑を被ってるのだと、鼻息荒く豆吉を責めた。

「タケは激怒してるからな。この辺り一帯の店に出入り禁止になるぞ」

「ご、ごめんなさい。本当に悪気はなかったの～。伊吹さん、お願いですから、うまく取りなして下さい」

「タケの怒りを収めて欲しかったら、大吾とやらの連絡先を教えろ。その投資セミナーについて知りたいことがあるんだ」

「わ、分かりました」

豆吉は慌てて携帯を取り出し、番号を呼び出して伊吹に教えた。伊吹はその場から電話をかけてみたものの、アナウンスが流れるだけで繋がらない。豆吉が最後に連絡を取ったのは昨年末だったというから、その後、番号を変えたのだろうと思われた。

「番号は変えてもこの辺をうろついてるだろう。居場所を見つけて俺に知らせろ。本人には俺が捜してるって言うなよ」

「は、はい。でも…見つからなかったら…？」

「お前が出禁になるだけだ」

それは勘弁して下さいと泣き顔で頭を下げる豆吉に、伊吹は冷たくすぐに捜しに行けと命じる。よろよろと夜の街へ駆けて行く豆吉の姿が見えなくなると、伊吹は煙草を取り出して咥えた。

「あいつは面と向かって嘘が吐けるような度胸のある男じゃない。シカゴに出張してたってのも本当だと思うぞ」

「だとしたら、ホテルで目撃されたのは豆吉さんとは別人で、タケコさんに似たオカマというのがもう一人いるってことでしょうか？」

「分からん。取り敢えず、大吾ってのをあいつが捜して来るのを待とう。そいつが山根と繋がっている可能性もある」

伊吹の意見に頷き、行司は小さく溜め息を吐く。投資セミナーに出ていたのが本当にタケコではなかったと知り、伊吹としては疑いが晴れてせいせいした気分だが、行司は逆なのかもしれない。残念だったか？　と聞く伊吹に、行司ははっとしたような顔を向ける。

「何がですか？」

「タケが本当にセミナーに出てなかったと分かって」

皮肉めいた物言いをして煙を吐き出す伊吹に、行司は慌てたように首を振る。違いますよと否定し、嘆息したわけを離した。

「伊吹さんに頼ってばかりだなって反省してたんです。豆吉さんの顔が分からなかったのでお任せしていましたが、顔が分かっていたとしても、俺じゃ捕まえられなかったなと思って。それに確保出来たとしても、あんな風にうまく話を持って行くことは難しかったと思います」

「……偶々、俺みたいな乱暴なやり方が向いてたってだけだ。それに俺は警官じゃないから好き放題言えるってのもある。立場が引っ付いてると色々まずいだろう。最近は」

「そうですね」

仕方なさそうに苦笑して頷く行司に、伊吹はルクレツィアの店に戻ろうと告げた。豆吉が見つかり、偽物は彼と分かったし、山根に繋がりそうな手がかりは連絡を待つしかない。タケコにも報告しなきゃな…と言い、歩き始める伊吹の背中に、行司は「ありがとうございます」と声をかけた。

「………」

改めて礼を言われるのが意外で、伊吹は目を丸くして振り返る。驚いている様子の伊吹を見て、行司はばつが悪そうな顔を俯かせた。

「…いえ…その、伊吹さんにはお世話になりっぱなしなので…」

「……。礼は山根を捕まえてからでいい」

どう返せばいいか迷い、無意識の内にそんな言葉が口をついていた。行司は「そうですね」と同意し、無事逮捕出来たらお礼をさせて下さいと頼んだ。真面目な顔つきは本気で考えていそうなもので、伊吹は戸惑いを覚えてお茶を濁すような台詞を吐く。

「ま、捕まえられたら、の話だ。取らぬ狸《たぬき》の皮算用とやらにならないようにな」

「肝に銘じます」

後ろをついて来る行司の気配を感じながら、伊吹は再び歩き始める。何とも言えない気持ちが胸の中を埋めている。行司が時折見せる素直さにはどうも調子を狂わされる。参ったなあという呟きを飲み込み、ルクレツィアの店へ戻る歩みを速めた。

その晩、明け方まで豆吉からの連絡を待っていたものの、電話はかかってこなかった。翌日も何の連絡もないようだったら、タケコは自ら豆吉を締め上げると息巻いていたのだが、夜の十一時を回る頃になって伊吹の携帯に連絡が入った。

タケコはテレビの仕事が入っており、出演者の都合で夕方から始まった番組の収録に参加していた。楽屋で電話を受けた伊吹は、豆吉から投資セミナーへの出演を持ちかけた大吾という男に関する情報を聞いた。

『今は「ニルヴァーナ三号」って店にいるって聞いて、確認取って来ました。確かにいました。捜してるのがバレたら困るのかなと思って、遠目に確認しただけなんですけど』

「その方がいい。場所は？」

すぐにメールすると言う豆吉に、取り敢えずの礼を言って通話を切る。間もなくして豆吉から送られて来たメールには店の住所と電話番号と共に、タケコによろしくという回りくどいまでに丁寧な文面がつけ加えられていた。

豆吉を出禁云々と脅《おど》しはしたが、タケコは怒髪天を衝くような出来事があったとしても、周囲に命じて締め出すような真似はしない。名前を騙った豆吉だって、今後、姿を現さなければその内怒りも薄れていくだろう。

今は豆吉の問題よりも、この大吾という男を当たる方が先決だ。伊吹は行司に電話をかけ、大吾の居場所が掴めたと伝えた。

『本当ですか？』

「今は別の店に勤めてるらしい。もうすぐタケの収録が終わるから、合流して様子を探ろう」

待ち合わせ場所を決め、テレビ局を出られる正確な時間が分かったら、もう一度連絡すると言って通話を切る。それから間もなくして収録を終えたタケコが帰って来た。いつもは疲れたと騒いでぐだぐだするタケコも、捜している男が見つかったと聞き、機敏な動きで帰り支度をする。

テレビ局を出るとタクシーで新宿まで移動し、ルクレツィアの店の近くでタケコを降ろした。気をつけてねと気遣ってくれるタケコに、何か掴めたら戻って来ると告げる。行司とは豆吉から聞いた店の近くで待ち合わせをしていた。

タクシーを降りた伊吹は行司の携帯に電話をかけながら店の入るビルへ向かった。行司は既に着いており、店の所在を確認していた。

「あのビルの五階に入ってるようです」

「分かった。…豆吉から大吾って奴の写真を送って貰った」

豆吉は大吾と二人で撮った写真を持っており、メールで送らせていた。行司は伊吹の携帯を覗き込み、豆吉と並んでいる男の顔を確認する。豆吉よりもほっそりとしており、長めにした前髪がふわりと額にかかっている。ハムスターなどの小動物を彷彿とさせる童顔だ。

「身長は百七十あるかないかだと言ってた。体格は細め。店に入って本人を確認したら、動きを張って後を尾けよう。本名や住所が分かったら、そっちでも色々調べられるだろう」

「はい。この顔に覚えはないのですが、関係者リストで照合出来るかもしれません」

大吾は豆吉よりも山根と繋がっている可能性が高い。直接話を聞けば、山根に動きを悟られる。相手の身元や行動を外側から押さえた方がいいと判断し、伊吹と行司は大吾がいるという店へ向かった。

エレヴェーターを降りた時点で、廊下にまで低いリズムの音楽が漏れ出しているのが分かった。次第に顔を強張らせていく行司の腕を取り、伊吹は「大丈夫だ」と安心させる。店のドアを開けると大音量の音楽が流れていて、二人は揃って顔を顰める。

「ここはうるさいですね」

「ああ」

互いの耳元で叫ぶようにして話しながら、店の奥へ向かう。二つ目のドアを開けた先では、音楽のジャンルが変わって音量もさっきよりは抑えられていたが、非常に濃厚な空間と化していた。

「……」

伊吹は保険の為に…はぐれないようにと、他の男に攫《さら》われないようにする為に…行司と手を握っていたのだが、掌が一瞬で汗を掻くのが分かった。店内は相変わらず薄暗く、遠目では顔がはっきり判別出来ないほどだが、何をしているのかは想像がつく。

抱き合ってキスしてるくらいなら可愛いものだ。明らかに…ことに及んでいる様子なのも分かって、行司はくらりと身体をよろめかせる。

「…大丈夫か？」

「す、すみません…」

音量が下がっているとは言え、普通に会話するのは困難だ。互いに聞こえるようにするには触れ合うほどに顔を近づけなくてはいけない。行司の耳元へ口を寄せていた伊吹は、唐突に先日の光景を思い出した。

「……」

自分が近づいて話しかけた方の耳だけ、真っ赤になっていた。少し顔を離して行司の耳を見たが、暗いせいで色は分からない。でも、触れれば熱くなっているような気がして、可哀想に思って意識して距離を取った。

けれど、離れるわけにはいかなくて、行司を連れ立ち店内を移動する。大吾がここにいたのは豆吉によって目撃されている。何処かにいるはずだと、慎重に窺いながら探っていると、それらしき人物を見つけた。

「…あれかもしれない」

「何処ですか？」

「きょろきょろするな。目立つ」

それぞれが夢中になっているとは言え、探らなくてはいけない相手がいる場で不審に思われることは避けたい。伊吹は仕方なく、行司を正面から抱き締めた。腕の中で行司が身体を硬くして息を呑むのが分かったが、考えがあってしているのだと伝える。

「しばらく、こうさせてくれ。この方が確認しやすい」

「…わ、分かりました…」

「力抜いていいぞ」

苦笑しながら言ったものの、行司の身体は緊張したままだ。やはり、男に抱き締められているのに嫌悪感を感じているのではなく、慣れていないのだろうと確信した。

「…彼女は？」

「……。それは…今、関係がありますか？」

「いや…なんか、彼女に申し訳ないかなと」

「……いないので平気です」

抱き締めているから顔は見えなかったけれど、口ぶりから悔しげな表情をしているのは想像がついた。どれくらいの期間いないのか、続けて聞こうとしたが、こちらも想像がついていたので口にしなかった。

行司は伊吹やタケコよりも小柄だけど、一般的な体型に見えていた。だが、実際、抱き締めてみると、随分痩《や》せているように思える。

「ちゃんと食ってんのか？　背骨、浮いてるぞ」

「…あの、伊吹さん」

「ん？」

「それも…今、関係がありますか？」

ないかもな…と答える伊吹に、行司は困ったような溜め息を吐き、自分が確認するから立ち位置を変えようと申し出る。それに対し、伊吹はやめた方がいいと窘めた。

「どうしてですか？」

「たぶん、お前には刺激が強すぎると思う」

「刺激って…」

「それらしき男は今、咥えてんだよ。だから、顔がよく見えないんだ」

「……」

無関係に思える伊吹の質問で、強張りを解かれていた行司の身体が再び固まる。意味分かるか？　と笑いを混ぜて聞く伊吹に、行司はかくかくと頭を動かした。即座に前言撤回し、伊吹に確認を任せると早口に言う。

沈黙した行司を抱いたまま様子を窺っていた伊吹は、それから少しして「あいつだ」と低い声で行司に告げた。

「顔が見えましたか？」

「…ああ。外に出て張ろう。小一時間で出て来るだろう」

「どうして分かるんですか？」

「今、掘られてる。あれが終わったら出るだろ」

聞いたことを後悔するような苦々しい口調で「分かりました」と答え、行司は伊吹に連れられ、いかがわしげな雰囲気が充満している店をあとにした。ビルの外に出た途端、はーっと大きな溜め息を吐く行司を、伊吹は可笑《おか》しそうに笑う。

「疲れたか？」

「はい……あ、いえ。その…精神的にって意味で…」

大吾がいる店が入るビルには出入り口が一カ所しかなく、見張りやすかった。出入りが確認出来て、身を隠せる場所を斜め向かいのビルに見つけ、二人で腰を落ち着ける。近くの自販機で缶コーヒーを買って来た伊吹は、行司の隣に並び立った。

「ほら。冷たいのでよかったか？」

「はい。ありがとうございます」

まだ冷たいコーヒーも飲める気温だけど、一月《ひとつき》もしないうちにホットでないと厳しくなるだろう。季節の移り変わりは早いなと、コーヒーを飲みながら呟いた伊吹は、行司がじっと見ているのに気づいて隣を見た。

「なんだ？」

「…いえ…。伊吹さんは…よく平気だなと思って…」

「そりゃ…色々見て来てるからな。もう何がエロいのかも正直、分からない」

「伊吹さんこそ…彼女とか、結婚とかは…」

「戸籍は綺麗なままだ。タケのところにいる限り、俺に彼女が出来ることはあり得ないだろ」

ふんと鼻先で笑って、伊吹は煙草を取り出す。飲みかけの缶コーヒーを足下に置き、咥えた煙草に火を点けた。他人事みたいに話す伊吹を見ながら、行司は何度目かになる確認をする。

「伊吹さんは…ゲイじゃないんです…よね？」

「まだ聞くか」

「どうしてタケコさんと暮らしてるんですか？　ルームメイトってわけでもないように思えるんですが…」

行司がまだタケコのファンだと自称していた頃、同居しているわけを聞かれたこともあったが、答えなかった。今はあの時と事情が違う。間近にいる行司が疑問に思うのも納得出来て、伊吹は白い煙を吐き出しながらタケコの部屋に居候を始めたきっかけを口にした。

「…警察を辞めた後、自棄《やけ》になってた時期があってな。退職金も貯金も全部使い果たして、行くところがなくなったんだよ」

「伊吹さんが…ですか？」

驚いた顔で聞く行司に、伊吹は苦笑して頷く。行司が知る伊吹はしっかりしていて、自棄なんて言葉とは縁遠い。タケコの我儘《わがまま》を聞き、言うべきところは口うるさく注意する伊吹が、行くところもなくしたなんて信じられなかった。

「タケとはある事件の捜査中に知り合ったんだが、ぼろぼろになってる時に再会してな。あたしのとこにおいでって言ってくれたのはタケだけだった。…下心があったのかもしれないが、それでも、タケは辛抱強く見守ってくれたんだ」

「…そう…だったんですか…」

相槌を打つ行司の声は小さく、その表情は苦しげなものだった。自分が悪いことをしたかのような顔つきを見て、伊吹は苦笑を深くする。タケコを疑って近づいて来た時は向こう見ずな厚顔さを見せていたが、実際の行司は繊細な気遣いも出来る人間なのだろう。

刑事としては短所になる場合もあると考え、意識して見せないようにしているのかもしれない。けれど、こういう行司の方がいいなと思いかけた時、ビルの出入り口から大吾らしき男が出て来るのが見えた。

「…行くぞ」

気づいていなかった行司に声をかけ、伊吹は煙草の火を消して歩き始める。慌てて後をついて来る行司と共に、一定の距離を開けて尾行した。大吾は駅へ向かっているようで、伊吹は携帯で時刻を確認する。

「電車が動いてる時間だから家に帰るんだろう」

「チャンスですね」

自宅まで尾けることが出来れば住所や本名が分かる。気づかれないように距離を保ったまま、JRの新宿駅へ向かい、中央線のホームへ下りた。大吾は東京方面の電車に乗り、飯田橋《いいだばし》で下車した。伊吹と行司はつかず離れず後を尾けていたが、大吾は気づく様子もなく、コンビニに立ち寄ってから自宅らしきマンションへ入って行く。

早稲田《わせだ》通りの南側に位置するマンションは高級そうな物件で、入居して家賃を払って行くには、かなりの収入を必要とするだろうと思われた。エントランスで大吾が暗証番号を打ち込んでいるのを見て、伊吹は「ちょっと待ってろ」と言って、行司にその場へ残るよう指示した。

「伊吹さん…！」

小声で呼び止める行司を無視し、伊吹はマンションのエントランスへ足早に向かう。大吾が暗証番号を打ち込み終わり、自動扉が開くタイミングに合わせて、彼の後からマンション内へ入った。大吾は伊吹のことを気にも留めていないようで、ポケットから取り出したスマホを弄り始めた。

伊吹はそのまま、大吾と同じエレヴェーターへ乗り込み、奥の壁に凭れかかる。大吾は五階のボタンを押し、伊吹に背を向けてずっとスマホに見入っていた。エレヴェーターが五階に着くと、ドア近くに立っていた大吾が先に降りる。伊吹は少し遅れてエレヴェーターを降り、何気ない様子で大吾がどの部屋へ入って行くのかを見届けた。

大吾は部屋の鍵を取り出して、玄関を開ける時もずっとスマホを見ていて、伊吹の方へ注意を払うこともしなかった。大吾が部屋へ入ると、そこまで歩いて行って部屋番号などを確認する。

「……」

表札の類は当然ながら出ていない。番号は５０３。他にめぼしい情報はないと判断し、伊吹はエレヴェーターへ戻って一階へ下りる。出入り口の脇に郵便ポストがあるのを見ていたので、帰りがけにそれを確認した。

大吾はポストの中身を取り出して行かなかった。ということは、中に郵便物の類がある可能性もある。ポストも開くには暗証番号が必要だったが、幸運にも５０３と書かれたボックスのフラップ口から、郵便物の端がはみ出していた。

配達の際、中まで入れたつもりが、引っかかってしまったのだろう。伊吹は周囲を窺ってから、その封書を引き抜いた。

納税関係の書類らしく、差出人は役所であったから、信用出来る情報だと確信した。宛名は「松坂大吾《まつざか》様」となっている。

「……本名かよ」

思わず突っ込んでしまいつつ、住所氏名を覚えて元へ戻す。用は足りたと満足し、外へ出ると、行司が眉を顰めて待っていた。

「伊吹さん…！」

一人置いて行かれたのを怒っている様子の行司に、伊吹は入手した情報を伝える。慌ててメモしながらも、行司は伊吹の行動を窘めた。

「あんなに近づいて…バレたらまずいって分かってるじゃないですか」

「あいつ、警戒してる様子がなかったから。臨機応変に動いて、手っ取り早く情報を仕入れるのが基本だろ？」

「確かに…そうですが…」

メモした手帳を仕舞いながら、行司は困惑した顔で口籠《くちご》もる。言おうかどうか迷ってる…という雰囲気を感じ、伊吹は肩を竦めた。「結果オーライだ」という言葉で済ませようとする伊吹に、行司は小さく息を吐いてから「でも」と自分の気持ちを伝えた。

「山根は暴力団との繋がりも指摘されています。その山根と繋がっているかもしれないあの男だって…危険かもしれないんですよ？」

「…俺を心配してくれるのか？」

目を丸くする伊吹に、行司は深い溜め息を吐く。こういう反応をされるのは予想出来たのだから、口にすべきじゃなかったとでも言いたげな顔を見て、伊吹は慌てて謝った。

「ご、めん。心配されるとは…思ってなくて…」

「分かってます。俺が伊吹さんを心配するなんて…おこがましいですよね」

「いや、そんなことはない。…ありがとう」

考えてもいなかったから驚いただけで、余計なお世話だという気持ちは一切ない。だから、素直に礼を言ったのだが、伊吹から「ありがとう」と言われた行司は戸惑いを滲ませた渋面になる。

「…別に…お礼を言われるようなことでは…」

「誰かに心配されるなんて、余りないから新鮮だった」

「……。伊吹さんのことを心配する相手はたくさんいそうに思いますけど…」

「俺を心配してくれるのなんて、タケくらいしかいない」

それも下心つきだと笑いながら言い、伊吹は行司が手帳を仕舞った胸元を指さす。松坂大吾という名前だと分かったあの男が、山根と繋がっているかどうか。上司である笹原に報告して調べて貰えと言う伊吹に、行司は大きく頷いた。

「大体、こんな豪華なマンションに住んでるってのも怪しい。大金を稼ぎそうな男には見えなかった」

「山根から金が流れている可能性もありますよね。俺も一度戻って、捜査状況を確認し、松坂大吾に関しても調べてみます」

そうだな…と相槌を打ちつつ、伊吹は小さく息を吐いてマンションを振り返った。投資セミナーに出ていたのはタケコではなかったと証明出来たし、山根に繋がるかもしれない人物も特定出来た。ホテルでの目撃情報に関してはまだ謎だが、恐らく、何らかの誤解であったのだろう。

これで自分が行司に協力出来ることもなくなった。そう思うと、一抹の寂しさを感じ、伊吹は自分自身に苦笑する。久しぶりに携わった捜査を懐かしく思う気持ちがあったのか、それとも、行司と会えなくなるのを惜しんでいるのか。

そんなことを考えて、伊吹は慌てて首を振る。どうして惜しまなきゃいけないのかと、内心で訝しんでいると、行司が「お世話になりました」と礼を言うのが聞こえた。

「伊吹さんが協力して下さったお陰で、早期に事実確認が出来ました」

「…いや…。俺はタケは無関係だって証明したかっただけだ」

「タケコさんには改めて挨拶に伺うとお伝え下さい」

丁寧に頭を下げ、行司は失礼しますと言って背を向ける。駅へ向かう背中を見て、伊吹は小さな溜め息を吐いてから、反対方向へ向かって歩き始めた。通りに出てタクシーを拾い、タケコの元へ戻ろう。どうせ今夜もどんちゃん騒ぎを繰り広げているに違いない。ほどほどのところで引き上げさせないと、明日の仕事に関わる。

翌日の予定を考えていた伊吹はしばらく歩いたところで、「伊吹さん」と呼ぶ声に気がついた。行司の声にはっとして振り返れば、駅に向かっていた行司が足を止め、自分の方を見ている。

「伊吹さんを…心配するのはタケコさんだけじゃありません」

「…え？」

「ルクレツィアのママさんだって、お店の皆さんだって……俺だって、伊吹さんを心配してますから」

「……」

行司は意識して声を張っていたので、場所は離れていてもしっかり聞き取れたが、その内容はどう受け取ればいいか迷うようなもので、伊吹は何も言えなかった。呆然と見る伊吹に、行司は少し気まずそうな表情を浮かべて「それだけです」と結ぶ。それからさっと背を向けて今度は小走りで駅へ向かって行き、すぐにその姿は見えなくなった。

「……俺だって…か」

もしかして、行司はそこを強く言いたかったのかもしれない。そんな考えは間違いだろうかと思いつつも、口に出して繰り返してみると、悪くないと思えた。自然と浮かんで来る笑みは久しぶりに味わうどきどきした思いから来るもので、ちょっとだけ足取りが軽快になったように感じられた。

数日一緒にいただけだったのに、行司と過ごした時間は伊吹にとって思いがけなく充実したものだった。会えなくなるのを寂しく思う気持ちもあったが、行司の一件が片付いたタイミングは伊吹やタケコにとってはちょうどよかった。その翌日から特番の収録が立て続けにあり、生放送にコメンテーターとして出演したりと忙しかった上に、週末には光代がレギュラー出演の仕事を持ち込んで来た。

「研二、喜びなさい！　レギュラーの仕事が取れたわよ！」

「…何言ってんの、あんた」

　楽屋へ入って来るなり、完全なる上から目線で伝えて来る光代に、タケコは冷めた目を向ける。収録用の支度を終え、大福を食べているタケコの横で寝そべって新聞を読んでいた伊吹は、つまらなそうな顔を上げて光代を見た。

「レギュラーって？」

「金曜のプライム枠の、『これでもか！』って番組。レギュラーだったタレントが不祥事でぽしゃったから、ねじ込んであげたわ」

「人の不幸を喜ぶ女って最低よねえ」

「これでもか？　どんな番組だっけ。見たことねえな」

「あんたたちね！　あたしがどれだけ苦労して仕事を貰って来てあげてるのか、分かってないでしょ？」

　鼻から激しく息を吐き、光代はタケコの隣に椅子を運んで腰掛け、食べている大福を横から取り上げる。全部食べるつもりだったのにとぼやくタケコに、「太るわよ」と光代は注意するけれど、彼女自身も十分な巨漢になりつつある。

「あんたは恩着せがましく言うけどさ。実際、ついででしょ。それに、あんた自身の仕事に身を入れた方がいいわよ。あんた、ちゃんと仕事してんの？」

「もちろん。ドラマも絶好調。来クール分も掛け持ちしてるから忙しくって」

ストレスでつい食べちゃう…と言いながら、光代は二個目の大福に手を伸ばす。危機感を抱いたタケコがさっと箱を隠すのを、「ケチ」と悪態づくものだから醜い姉弟喧嘩が勃発する。

「あたしが貰った大福よ！」

「あんた、あんこよりクリーム派じゃない」

「美味しいのは別なの」

「あんこの味が分からないような人間にはもったいないわよ。寄越しなさい」

武山姉弟の喧嘩はいつもくだらないことから始まるが、放っておくと長引いて鬱陶《うっとう》しいのを、伊吹は身を持って知っている。その前に話題を替えようと思い、「光代さん」と呼びかけた。

「レギュラーってことは、毎週決まった曜日に収録があるってこと？」

「そう。確か…木曜だったかな。たぶん、二週まとめ録りするはずよ。今日、収録終わりにプロデューサーの木下《きのした》ちゃんが挨拶に来るはずだから、聞いてみて」

「あ、今日は駄目よ」

光代が伊吹に指示するのを耳にしたタケコはすかさず口を挟む。タケコがどうして駄目というのか、心当たりのなかった伊吹は理由を聞いた。

「なんかあったか?」

「ちょっとね。あたし、人と会う約束してるのよ。収録が終わったらすぐに出るつもりなの」

「だったら、伊吹くんだけでいいわ。この子がいると余計な我が儘言って、話がややこしくなるんだから、その方が有り難いわよ」

何ですってと怒るタケコを宥めながらも、伊吹は珍しいなと思っていた。タケコは何処へ行くにも伊吹を連れて行きたがる。伊吹の方が所用で留守にすることはあっても、タケコが単独行動をするのは余りない。

だが、それも伊吹がタケコと一緒に暮らすようになってからの話で、その前は一人だったのだから、おかしな話じゃない。タケコにだって自分に知られたくないプライヴェートな一面があるのだろうと考え、深く聞くことはしなかった。


収録が終わると、宣言していた通り、タケコは急いで帰って行った。伊吹はそのまま残り、光代も同席して、タケコ初のレギュラー出演となる番組のプロデューサーやスタッフと打ち合わせした。その後、光代に他のスケジュールも合わせて確認したが、以前にも話していた通り、年末に向けて増えて行く特番への出演が多いこともあり、かなりの忙しさになると思われた。

「…地方ロケもあるんですか。あいつ…枕が変わると寝られないとか、うるさいですよ」

「それをなんとかするのが伊吹くんの仕事でしょ」

「はあ…」

「…あら、もうこんな時間。あたしも人と会う約束があるのよ。じゃ、よろしくね」

強引に丸投げしていく光代に渋面を向けながらも、伊吹は「お疲れ様です」と言って見送る。姉弟揃って同じような言い訳で逃げて行ったなと思いつつ、カレンダーと睨めっこをしていたが、考えても仕方のない話だと諦め、伊吹もテレビ局をあとにした。

一人で食事をしてから部屋に戻ると、タケコの姿はなかった。携帯に連絡もなく、電話をかけるのも躊躇われて、そのまま放置した。朝までには帰って来るだろうと思い、ソファに寝そべってテレビを見ている内に寝てしまう。はっとして目覚めたのは明け方で、気になっていたからタケコの寝室を覗きに行った。

「……」

廊下に衣装が脱ぎ散らかしてあるのを見て、帰って来ているのだと分かる。ドアの隙間から中を覗き見れば、いつも通りの裸体があって、何となくほっとした気分で居間へ戻った。

本当は別に気にすることでもなかったのに、どうしてそんなに気になっていたのか。あれは虫の知らせというやつだったのかもしれないと伊吹が思わされたのは、数日後のことだった。

大吾のマンション前で別れて以来、行司からの連絡はなかった。捜査の進展があったのかどうか気になってはいたが、連絡して来ないのは理由があるのだろうと思っていた。多忙なのかもしれないし、報告するほどのことがないのかもしれない。どちらにしても状況が落ち着けば行司は電話をくれるだろうと考えていた。

だから、鳴り始めた携帯に行司の名を見つけた時、少しほっとした。いい知らせだといいと願いながら電話に出た伊吹は、行司の第一声を聞いた時点で微かに眉を顰めた。

『伊吹さんですか？　行司です』

「……」

畏《かしこ》まった物言いは行司らしいものだが、硬い声音が厭な予感を抱かせる。キッチンで湯を沸かしていた伊吹はガスの火を止めて、「どうした？」と聞き返した。

『タケコさんは…いますか？』

「寝てる」

『ちょっと、確認したいことがあるんです』

有無を言わせないような物言いは、行司が捜査二課の刑事だと知ったばかりの頃を思い出させる。タケコへの疑いを口にしていた彼の顔が浮かんで来るようで、伊吹は困った気分で頭を掻いた。

「何か…あったのか？」

『また目撃情報が出たんです』

「……。タケコと…山根の？」

はい…と答える行司の声が更に重々しい響きを纏ったように感じられる。まさかと思いながら、伊吹の頭には数日前の出来事が蘇っていた。誰かと会う約束をしていると言い、一人で出かけていったタケコは……誰と会っていたのだろう？

「いつだ？」

『先週の…金曜です。タケコさんは何処にいましたか？』

「……」

タケコが一人で出かけて行ったのは正しく金曜だった。思わず沈黙してしまった伊吹に、行司は訝しげな声で「伊吹さん？」と呼びかける。

「……こっちへ来られるか？」

『……。すぐに』

近くまで来ていたらしい行司が五分ほどで着くと言うのを聞いてから、伊吹は携帯を畳んだ。苦々しい思いで煙草を咥え、火を点けて煙を吸い込む。これはどう考えるべきか。タケコが珍しく一人で出かけて行った日に、タケコと思しき人物と山根が会っているという目撃情報があったのは偶然なのか。

タケコを信じているのに心の中に疑惑がわき上がるのが口惜しい。伊吹は行司が来る前にタケコに確かめておこうと思い、火を点けたばかりの煙草をシンクに押しつけて消し、寝室へ向かった。

「タケ」

暗い部屋に呼びかけても返事はない。昨夜は収録が深夜過ぎまで長引き、その後も打ち合わせがあって、部屋へ帰って来られたのは明け方だった。だが、もう午後三時を過ぎているし、行司がいないところで真実を見極めておきたい。伊吹は「タケ」と再度呼びかけながら、部屋の電気をつけた。

白い光に照らされたタケコは、ごろりと寝返りを打って俯せになり、動物みたいな呻《うめ》き声を上げた。

「うう〜……もう少し…寝かせてえ……」

「行司が来る」

「後で……」

「金曜の夜。お前、何処に行ってたんだ?」

いつ行司がチャイムを鳴らしてもおかしくないから、遠回しな話をしている時間はない。伊吹がずばり本題を切り出すと、タケコはぴくりと反応した。のそりと顔を上げて首を捻り、伊吹の方を窺うように見る。

「……金曜……？」

「お前、人と会う約束があるって言って一人で帰って行っただろ。誰と会ってたんだ？」

「……。秀ちゃんには関係のない人よ」

「誰だよ？」

「だから、関係ないって…」

言おうとしないところが怪しく感じられて、伊吹は大きく肩で息を吐く。行司はきちんとした説明をしなければ納得しないだろう。押し問答をしている状況ではないと判断し、行司が報せて来た情報を伝えた。

「お前が山根と会っていたという目撃情報が、また入ったらしい」

「……。それが金曜だっての？」

「ああ」

「まさか、秀ちゃん。あたしが山根と会ってたって思ってるの？」

「じゃ、誰と会ってたんだ？」

「それは…ちょっと言えないけど、山根とは会ってないわよ。大体、あたし、山根なんて男知らないもの。それは秀ちゃんが一番よく知ってるじゃないの」

慌てて起き上がり弁明するタケコを、伊吹は何とも言えない表情で見つめた。タケコを信じている。タケコの言う通り、タケコを一番よく知っているのは自分だ。そういう信念が揺らぎそうになってしまうのは、タケコが誰と会っていたのかを話してくれないからだ。

行司だってそこを問題にするに違いない。

疑いを晴らす為には正直に話すしかないと、タケコを説得しようとした時、チャイムが鳴った。伊吹は「行司だ」と小さく呟き、タケコの寝室を出て玄関へ向かった。自分には言わなくても、行司から話を聞いてことの重大さを感じ、話してくれるといいと願いながら、ドアを開けた。

「…悪いな」

「こちらこそ、突然すみません。…タケコさんは？」

「今、起きた」

入ってくれと招く伊吹に一礼し、行司は玄関へ足を踏み入れる。相変わらず、乱雑に散らかった玄関先で靴を脱ぎ、伊吹と共に居間へ向かった。混沌とした居間にタケコの姿はなく、伊吹は寝室へ呼びに行った。しかし、タケコは拗ねている様子でベッドから起き上がろうともしない。

仕方なく、伊吹は居間から行司を連れて来て、部屋の外から話をさせることにした。行司は開け放たれたドアの横に立ち、ベッドで背を向けて横になっているタケコに問いかける。

「タケコさん。金曜の夜、何処にいたのかを教えて下さい」

「…あんたもその目撃情報とやらの方を信じてるんでしょ」

「タケコさんが違うと言うなら、その裏を取りますから」

「……。品川《しながわ》よ」

タケコが渋々答えた地名を聞いた行司は一瞬で顔を強張らせた。背を向けているタケコには見えなかったが、傍にいる伊吹はどういう状況なのか分かって、眉を顰める。

「品川なのか？」

目撃情報があった場所も同じ品川なのかと確認する伊吹に、行司は重々しく頷く。伊吹の声はタケコにも聞こえており、自分に更なる疑いがかかったのを察して、慌てて険相で振り返った。

「ち、違うわよ！　あたし、山根なんて男、本当に知らないんだから！」

「だったら、いつ頃、誰と会っていたのかを詳しく話して下さい。相手の方にも確認が取れればタケコさんの潔白が証明されます」

「……」

「タケ」

行司の求めに対し、沈黙を返すタケコを、伊吹が促す。タケコは伊吹をちらりと見た後、しばらく考え込んでいたが、溜め息を吐いて「言えないわ」と答えた。

「タケコさん。このままじゃ、俺はタケコさんに参考人として事情聴取しろと命じられます」

「あたしは本当に山根なんて男とは会ってないもの。事情聴取でもなんでもすればいいじゃない。でも、何処で何をしてたのかはあたしのプライヴェートですから。答えないわよ」

ふんと鼻先から息を吐き出し、タケコは再び背を向けた。タオルケットを頭から被って丸くなるのを見て、伊吹は嘆息する。ああなっては何も話さないだろうからと、伊吹は行司を促して寝室を離れた。

外で話そうと行司に持ちかけ、共に玄関へ向かう。部屋を出て廊下を歩き、エレヴェーターのボタンを押した伊吹は、難しい顔をしている行司に自分の考えを伝えた。

「タケは嘘は吐かない。本当に山根とは会ってないんだと思うぞ」

「……」

「証拠でもあるのか？」

行司が険相を崩さないのには理由がある気がした。無言で頷く行司を見て、伊吹は微かに眉を顰める。上がって来たエレヴェーターのドアが開き、誰も乗っていなかったそれに二人で乗り込んだ。

ドアが閉まると行司が低い声で伊吹に答える。

「目撃情報があったのは品川のホテルで、ホテル側の了承を得て、防犯カメラの映像を調べました」

「…タケが映ってたっていうのか？」

「はい。山根と思しき男と、タケコさんらしき人物が…ロビイで立ち話している様子が確認されました。二人は待ち合わせしていたようで、すぐにホテルから姿を消したのですが、その後の足取りについては現在、捜査中です」

ビデオカメラの映像という確たる証拠があるからこそ、行司は表情を硬くしているのだ。話を聞いた伊吹は無言で考え込んでいた。間もなくしてエレヴェーターは一階に着き、ドアが開く。エレヴェーターを下りてビルの外へ出ると、伊吹は改まった態度で行司と向き合った。

「俺はタケを信じる」

「伊吹さん…」

「タケにとってはかなり分の悪い状況だってのは分かっているが…俺はタケが嘘を吐くとは思えないんだ。何か…誤解があるんだと思う」

「でも…」

目撃情報は二度目だし、今回はカメラ映像という証拠もある。任意同行をかけるには十分で、上司の命を受けたら行司が逆らえないのも分かっていた。言い淀む行司に、伊吹は笑みを向けて「ありがとうな」と礼を言った。

「報せにきてくれて。だが、お前の立場をまずくするような行動は控えろ」

「……」

「そんな渋い顔するなよ。お前の為を思って言ってんのに。…じゃあな」

伊吹は軽い調子で言って、行司の頭を軽く撫《な》でた。柔らかな髪をくしゃっと握ってから手を離し、ビルの中へ戻って行く。廊下を真っ直ぐ歩き、エレヴェーターのボタンを押してから、行司の方を見ると、まだ同じ場所に立っていた。物言いたげに自分を見つめている顔は取り残された子供のようで、胸の奥が微かに痛むのを感じた。

部屋へ戻ると、寝室ではタケコがまだタオルケットを被って丸まっていた。伊吹は大きな溜め息を吐いて、床を埋め尽くしている雑多な荷物を飛び越えてベッドへ飛び移る。

「っ…やだ、秀ちゃん！　びっくりするじゃない」

「五時には出るぞ」

「……」

ベッドが揺れたのに驚き、一度は顔を出したものの、まだ拗ねているタケコは再び潜ってしまう。伊吹は巨大サイズのベッド上にあぐらをかいて座り、機嫌を直すように言った。

「食いたいって言ってたパンケーキ、つき合ってやるから」

「……。秀ちゃんもあたしを疑ってんでしょ…」

「疑ってはないが…正直に話してくれたら話は早いのに、とは思ってる」

「本当に山根なんて、知らないものっ」

「分かった、分かった。任同かけに来たとしても俺が断ってやるから」

「……秀ちゃんはあたしの味方、してくれるの？」

「当たり前だろ」

呆れたように答えた伊吹を、タケコはタオルケットの隙間から目を光らせて見つめる。

長いつき合いだ。タケコの考えはすぐに読めて、伊吹はさっと立ち上がってベッドから飛び降りた。座っていた伊吹を捕まえようと、らしからぬ機敏な動きでダイブしたタケコは空振りに終わり、悔しげに悪態を吐く。

「っ…！　チューさせてくれないと、いじけたままでいるわよ！」

「バカ。とっとと用意しろ」

ふんと鼻息を吐いて、伊吹はタケコの寝室を後にする。行司の電話で途中になっていたコーヒーを入れようと思い、キッチンに入ってガスの火を点けた。ガスレンジの横に置きっぱなしにしていた携帯が目に入り、微かに眉を顰める。タケコを信じてはいるが……防犯カメラに映っていたというのは…。

考えている内にいつしか湯が沸いており、薬缶がかたかたと音を鳴らし始める。それにはっとして火を止め、用意してあったフィルターにコーヒーの粉を入れた。キッチンで入れたコーヒーを手に居間へ移動しようとすると、浴室へ向かうタケコの背中を見つけた。

伊吹はその後を追い、洗い場に入ったタケコに呼びかける。

「なあ…」

「分かってるわよ。早くしますー」

「じゃなくて。行司が言ってたんだが…二課はお前が山根と会っていたビデオ映像を押さえてるらしい」

「ビデオ？」

「ホテルの防犯カメラの映像だ。…ホテルにいた覚えは？」

伊吹の問いかけに対し、タケコはしばらく間を置いて、神妙な顔で頷いた。顰めっ面になる伊吹に、繰り返し山根とは会っていないと言おうとするタケコを、彼は手で制する。

「分かってる。でも、だったら、ビデオに映ってるのは誰なんだ？」

「知らないわよ。またあたしの偽物なんじゃないの」

「…だとしたら、それが誰か確かめる必要があるな」

それにはまず、問題の映像を見ることが先決だ。行司に交渉してみると言い、伊吹は携帯を取りにキッチンへ引き返した。


ビデオに映っているのはタケコではない。タケコを信じる伊吹は、山根と一緒に映っているのが誰なのか、自分たちに確かめさせて欲しいと行司に電話で伝えた。行司は困惑した様子だったが、笹原と話し合ってから連絡すると言って通話を切った。行司から伊吹の元へ折り返し電話が入ったのは、テレビ局へ向かうタクシーの中だった。

『タケコさんがこちらへ来て下さるのであれば、お見せすると主任が言っています』

「つまり、事情聴取も兼ねてってわけか」

『すみません…』

申し訳なさそうに詫びる行司を、伊吹は気にすることはないと遮り、隣に座るタケコを見た。不本意ではあるが、自分への疑いを晴らすにはそれが一番だと言い、タケコは出向くのを了承する。

「…分かった。じゃ、収録が終わったらでいいか？　…深夜近くになってしまうかもしれないが」

『構いません。では、ご連絡お待ちしています』

硬い口調で通話を切った行司が気にかかったが、数時間後には顔を見られるのだからと思い、気分を切り替える。収録は滞りなく終わり、行司に連絡した後、伊吹とタケコは十一時過ぎにテレビ局を出た。

伊吹が桜田門《さくらだもん》にある警視庁を訪れるのは三年ぶりで、戸惑いもあった。特別な事情がない限り、二度と訪れないだろうとも思っていた場所だ。微かに緊張しているのがタケコに伝わり、「大丈夫？」と気遣われる。

伊吹は苦笑だけを返し、タクシーの車窓から外を眺めていた。しばらくして見慣れた景色が目に入り、運転手が何処に停めればいいかと確認して来る。正面の入り口を過ぎたところで停めて下さいと頼み、車が車道の端に停止すると代金を支払って降りた。

入り口の方を見てすぐに、自分を気遣ってくれているのはタケコだけでないと気づいた。伊吹とタケコの姿を見つけた行司が駆けよって来る。伊吹の事情を知る行司が彼を気にかけ、到着を待っていたのはタケコにも分かったが、一言厭みを発しなくては気が済まないようだった。

「こんなところに秀ちゃんを呼びつけるなんて、いい度胸ね」

「タケ」

「すみません。俺の力不足で」

「お前が気にすることはない」

さっさと片付けようとタケコを促し、行司も共に建物の中へ入る。東京の治安を守る警視庁は深夜であっても人気が絶えず、独特の張り詰めた空気が流れている。かつて、その中で働いていた頃の感覚が反射的に蘇り、自然と背筋が伸びて歩みが速くなる。身についた習性はなかなか抜けないものだと、伊吹は心の中で溜め息を吐いた。

捜査二課の入る四階へ上がり、行司が案内する部屋へ入ると、以前タケコを訪ねて来た笹原が、初めて見る男性捜査員と共に待っていた。収録帰りであるからタケコは隙のないメイクを施し、豪華なドレスを身につけている。ここまで来る間も注目の的であったが、笹原と捜査員も目を見張ってタケコを見た。

「ご足労をおかけしました」

しかし、笹原たちは動揺をすぐに収め、丁寧に頭を下げて挨拶する。タケコと伊吹は勧められた席に座り、笹原はその対面に腰掛けた。行司ともう一人の捜査員は二人にビデオ映像を見せる為にパソコンを準備している。その間に主任である笹原に、タケコの言い分を伝えておこうと思い、伊吹は口を開いた。

「行司から聞いていると思うが、タケは山根とは会っていないと言ってる。今日、来たのは映像に映っているのが誰なのか、はっきりさせたいからだ。任意同行に応じたと捉えるのは待ってくれないか」

「こちらとしても、これがタケコさんでないのなら、心当たりを教えて頂けると幸いです」

穏やかに返しながらも、明確に返事しない笹原は、やはり主任を任されているだけあると思い、伊吹は肩を竦めた。もしも、本当にビデオに映っているのがタケコだとしたら…まずい展開になるなと思い、対応を考えている内に準備が出来ていた。

「…では、これが品川のホテルから回収した防犯カメラの映像になります。…間もなく、出て来ますので…」

行司の説明を聞きながら、伊吹はタケコと共に食い入るように画面を見つめる。定点カメラが映しているのはホテルのロビイで、利用客やホテルスタッフがひっきりなしに行き来していた。

「…これが…山根と思われる男です」

画面の左端を指して行司が教える。カメラを気にしているのか、帽子を目深に被って背を向けているから、顔まではははっきり見えなかった。だが、山根を追い続けている行司たちには本人だと考える理由があるのだろう。行司が山根だと示した男は誰かを待っている様子で出入り口の方を気にしているように見えた。

「……これです」

行司に示されるまでもなく、伊吹とタケコにもそれが問題の人物であるのがすぐに分かった。山根の方に向かって歩いて来る人影を見た瞬間、タケコは素《す》っ頓狂《とんきょう》な声で「違うわ！」と叫んだ。

「あたし、この日はグリーンのドレスを着ていたもの。黒い服なんて着てなかった！」

「…それに…どうもタケより小さく思えるが……」

「本当ですか？」

「山根ってのは身長はどれくらいある？」

伊吹の問いかけに対し、笹原が「百七十ほどです」と答える。伊吹は目を眇めて画面を睨むようにして見て、首を傾げた。

「なら、やっぱり小さいぞ。タケはヒールを履くと百九十近いからな。…おい、立ってみろ」

座っていたタケコを立たせ、山根と同じくらいの身長である行司と並べる。今日のタケコはハイヒールを履いているから比べるにはちょうどよかった。確かに伊吹の指摘通り、かなりの身長差が生まれていて、ビデオの映像とは合致していない。

では、これは誰なのか。笹原も一緒になって画面を覗き込み、山根と待ち合わせていた相手がホテルのロビイから出て行くのを、皆で無言のまま見つめる。行司は画面から山根の姿が消えたところで映像を停め、繰り返しましょうかと聞いた。伊吹とタケコは頷きながらも、それぞれが腕組みをして首を捻っていた。

「…あたし……なんか、見覚えがあるのよね…」

「俺もだ」

再び流される映像を睨むように見ていたタケコがぼそりと呟いたのに、伊吹も低い声で同意する。行司の「本当ですか？」と聞く上擦った声が部屋に響く。だが、タケコへの疑いが晴れる朗報であるのに、タケコと伊吹の顔は難しそうに顰められているのが、行司には解せなかった。

「タケコさん…？　伊吹さん…？」

どうして二人とも仏頂面であるのか。不思議そうに見る行司や、答えを待つ笹原の方へは視線を向けず、タケコはパソコンを睨んだまま「秀ちゃん」と呼びかけた。

「あの日…あの女、こんな服、着てなかった？」

「着てた」

「やっぱり…あの女よねえ」

「だと思う」

二人の考えている該当者は同じ人物らしい。誰なんですか？　と答えを急かす行司に、伊吹は困ったように肩を竦めてタケコを見た。タケコは机に頬杖をついて深々と溜め息を吐き、見なきゃよかったとでも言いたげに顔を顰めて、重大な心当たりを口にする。

「あたしの姉よ」

そうとしか考えられない。憎々しげに呟くタケコの横で、伊吹も大きく嘆息する。まさかと疑いもしなかった人物の登場に、タケコも伊吹もどっと疲れを覚えていた。

だが、そんな二人に笹原は間髪入れずに事情を聞いた。なんとしても居場所を掴みたい山根と接触した人間を押さえたいと考えるのは当然で、真剣かつ厳しい顔つきは、以前タケコの部屋を訪ねて来た時の温和そうな表情とは別人のようだった。

「お姉さんのお名前と所在地を教えて頂けますか。山根の居場所を知る為にも、すぐに話を聞きたいんです」

「武山光代。テレビ東都でプロデューサーをやってるわ。でもね、ちょっと聞いて。あの女、性格は悪いし、金にも汚いけど、昔から正義感だけは強いのよ。詐欺の片棒なんて死んでも担がないわ」

「それはこちらで判断させて頂きます」

「判断って何よ。だから、絶対に事情があるんだってば」

「タケ、落ち着け。とにかく、光代さん自身に事情を話させた方がいい。ここへ来て貰おう」

それでいいかと笹原に確認し、伊吹は携帯を取り出す。タケコと同じく、伊吹も光代が山根と会っていたのだとしたら、それなりの事情があるのだと考えていた。伊吹が電話すると光代はすぐに出て、テレビ東都で打ち合わせをしている最中だと答えた。

「ちょっとトラブルなんです。すぐに来て欲しいんですけど」

『トラブルって、研二がなんかやらかしたの⁉』

「まあ、色々あって」

山根の名を出すのは笹原が好まないだろうと考え、話を濁して呼び出す。警視庁まで来て欲しいのだと聞いた光代は驚いた様子で、すぐに行くと言って通話を切った。あのバカ！とタケコを罵る光代の声は電話の外にも漏れており、タケコが渋い顔で唇を尖らせる。

「迷惑かけてんのはそっちじゃないの」

憤慨するタケコを宥め、光代と山根にどういう繋がりがあるのかを話し合った。山根が会っていたのはタケコだと思い込んでいた笹原たちは、相手が女性だという事実にも驚いていた。

「山根はゲイだということで、女性の影は捉えられていなかったんです。まさか女性だとは…」

「あなたたちが間違えるのも無理はないわよ。あたしが言うのもなんだけど、あの女、性別不詳だもの。でも、あたしの方が綺麗なのに、どうして間違えたのかしらね」

「…それはともかく、前にも目撃情報があったって言ってただろ。恵比寿のホテルで」

「はい。それもお姉さんだったんでしょうか」

本人に確かめてみないと分からない…と伊吹は首を捻ったが、その可能性は高いだろうと思っていた。投資セミナーでタケコを騙った豆吉は、その当時日本にいなかったと言っていたし、女装もやめている。光代は「女装」ではないが、服装の好みが派手で、オネエに間違われてもおかしくない格好をしていることが多い。

山根と光代にどういう繋がりがあるのか。色んな推測を挙げていると、タケコが不祥事を起こしたと思い込んだ光代が、般若《はんにゃ》のような顔で駆けつけて来た。派手な音を立ててドアを開け、飛び込んで来ると同時にタケコを怒鳴りつける。

「研二っ！　あんた、今が一番大事な時期だってのに、何をやらかしたのよっ⁉」

「何言ってんのよ。やらかしたのはあんたの方でしょ？」

ふんと鼻息つきで言い返したタケコの横から、笹原が微妙に引きつった顔で「武山光代さんですか？」と確認した。二人の剣幕は相当なもので、慣れている伊吹はともかく、行司もあわせて捜査二課の面々は引いていた。自分が問題を起こしていると気づいていない光代は、申し訳なさそうに深く頭を下げて詫びる。

「本当にすみませんでした。こんな子ですけど、悪い子じゃないんです。どうか穏便に済ませて頂くよう、お願い出来ませんでしょうか」

「いいえ。我々がお話をお聞きしたいのは武山光代さんの方なんです」

「え…？」

「山根一茂という男をご存知ないですか？」

ストレートに尋ねた笹原に対し、光代は拍子抜けするような速さで「知ってます」と答えた。戸惑いや、訝しむ様子など全くない反応に、周囲の方が驚いて光代を見る。光代は不思議そうに回りを見てから、「それが？」と聞き返した。

あっけらかんとした態度は、山根が捜査二課に追われる立場にあるとは知らないのだと物語っていた。それでも笹原は慎重な物言いで山根とどういう関係なのかを尋ねる。

「どういう関係って…ただの友人ですけど？　高校の同級生です」

高校の同級生という繋がりを光代の口から聞いた笹原は、控えていた部下にすぐ裏を取るように指示した。山根に問題があると察したらしい光代は不安げな表情を浮かべ、伊吹を見る。

「伊吹くん、どういうこと？」

「まあ、取り敢えず、座って。笹原さんの質問に答えてくれませんか？」

元刑事だと知っている光代が縋るように見て来るのも無理はないが、今は山根の居所を押さえる為に、光代には一連の事情を全て話して貰わなくてはいけない。伊吹は大丈夫ですからと安心させるように言い、タケコの隣の椅子を引いて座らせた。笹原も改めて光代と向き合い、確認する。

「武山さん。最近、山根と会いませんでしたか？」

「会いました。先週の金曜です」

「ほらっ、やっぱりこの女よ‼」

光代があっさり答えるのを聞き、タケコは勝ち誇ったように高い声を上げる。タケコの気持ちも分かるが、いちいち茶々を入れていたら話が進まない。伊吹はタケコにしばらく黙っているように命じ、笹原に質問を続けるよう勧める。

「場所は…品川のホテルですね？」

「ええ。あの…山根が何かやったんですか？」

「武山さんは山根さんとは親しい間柄なんでしょうか？」

光代の質問には答えず、笹原は更に問いかける。光代は少しむっとした表情を浮かべたが、自分の分が悪いとは感じているらしく、山根と会った経緯を答えた。

「いえ。二カ月ほど前だったかしら。恵比寿のホテルで偶然会ったんです。その前は…それこそ、十年くらいに前に開かれた同窓会で顔を合わせたくらいで、親しかったわけじゃありません。私は十年前よりも少しふっくらしたので…」

「少しじゃないでしょ。倍でしょ」

「タケ」

ついつい突っ込みを入れてしまうタケコを、伊吹が低い声で窘める。光代も目を剥いてタケコを睨んでから、話を続けた。

「まあ…つまり、太ってしまったので山根はすぐに分からなかったみたいなんですが、話しかけたらすぐに思い出したみたいで…」

その時はお互い時間もなかったので立ち話で済ませ、また食事でも…という約束をして、連絡先を交換した…と光代は話す。恵比寿での目撃情報も、やはりタケコではなく、光代だったのだと判明し、一同は納得顔になる。食事をしようという約束は社交辞令のようなものだと思っていたが、先週、山根の方から電話がかかって来たのだと言う。

「偶々、時間があったからじゃあって…」

「…あれか。人と会う約束って…」

思い当たることのあった伊吹が呟くのに、光代は「そうよ」と認める。タケコが先に帰ったその日、光代と共にレギュラー出演が決まった番組のスタッフと打ち合わせをした後、今後のスケジュールについて話し合っていた。その時、光代は途中で約束があると言って出て行ったのだが、山根と会う約束だったとは…。

「それで武山さんは山根と品川のホテルで待ち合わせをして、別の場所で食事をされたわけですか」

「はい。よくご存知ですね」

「食事した店を教えて頂けますか」

丁重だが有無を言わせない笹原の口調に、光代は肩を竦めて鞄からスマホを取り出した。スケジュール内容を確認し、店名を伝える。それを控えた行司が別の場所に待機している捜査員に、裏を取るように指示を出しに行った。

「山根とはどんな話をされましたか?」

「どんなって…私がテレビ局のプロデューサーなのは山根も知ってますから、芸能人の話や番組の裏話なんかを聞いて来てましたね。当たり障りのない感じで答えて…向こうからはダイエット食品の話を持ちかけられましたよ」

「それはどういう?」

「トマト成分がどうのってダイエット食品で、テレビでCM流して売りたいんだけどって話で…。まあ、こんな仕事してるとよくある話なので、適当に受け流してたんですけど…。もしかして、そのダイエット食品に問題でも？」

「いえ…。山根がダイエット食品にも手を出しているというのは、今初めて明らかになった事実です。山根は振り込め詐欺や架空投資詐欺など、複数の案件の主謀犯として我々、捜査二課が行方を追っている人物です。武山さん、山根の居場所はご存知ありませんか？」

山根をどうして捜しているのか、笹原の口から語られた事実を聞いた光代は、息を呑んで硬直した。犯罪に関与しているのではという思いはあったのだろうが、主謀犯として行方を追っている…という言葉の意味合いは重いものだ。

光代はぶるぶると派手に首を横に振り、自分は詐欺に荷担などしていないと、身の潔白を訴えた。

「本当に…偶々会ってご飯を食べたってだけなんです…！　私は何もしてません…！」

「全く、迷惑な女よねえ。あんたのせいで、あたしが疑われて大変だったのよ」

「えっ…なんで、あんたが？」

「山根と一緒にいるあんたのことを、あたしだと思った人がいるのよ」

「ええっ⁉　私とあんたをどうして間違うわけ？　失礼ねえ」

違う意味で憤慨する光代が脱線していきそうな気配を感じ、伊吹は笹原に代わって、山根と食事をした際に、彼の現況を聞かなかったのかと確認した。

「今何してるとか、何処に住んでるとか、そういう話は出なかったんですか？」

「仕事は…さっき話したダイエット食品や、健康食品を扱ったりする会社を経営してるって言ってたわ。…住んでるところは聞かなかったけど…なんか、しばらく東京を離れるって言ってた」

「何処へ行くと言ってましたか？」

「名古屋《なごや》よ。向こうでアンテナショップを出す予定があるからって」

山根から聞いた重要な情報を口にし、光代は机の上に置いたスマホを手にする。試しに山根と連絡を取った番号に電話してみましょうか？　と言う光代に、笹原は目を輝かせて頷いた。

電話をかける前に幾つかの注意を受け、光代は山根の番号へ発信する。別室の捜査員に情報を伝えに行っていた行司が戻って来るのと同時くらいに、光代のスマホは山根と繋がっていた。

「…あ、武山です。お疲れ。今、いい？　この前話してたCMの話なんだけど…今日、代理店の人と会って話したら、一度、山根と会いたいって言ってるんだけど。……ああ、そう。そう言えば、名古屋行くとか言ってたね。いつまでそっちなの？　……ふうん。分かった。じゃ、戻って来たら連絡くれる？」

緊張に包まれた室内で、複数の男に見つめられながらも、光代は堂々とした態度で笹原からの指示をこなした。深追いはせず、所在地だけ確かめる。無事、任務を遂行した光代は、通話を切ってにやりと笑う。

「来週まで名古屋にいるそうよ」

光代が山根本人と話して得た情報は貴重なものだった。笹原はすぐに名古屋へ向かう用意をしろと行司に命じ、光代に山根の電話番号を聞く。名古屋というざっくりとした情報ながら、山根の居所が分かったという報せに、大勢の捜査員たちが笹原の指示を仰ぎに慌ただしく出入りを始めるのを見て、伊吹たちは笹原に帰ってもいいかと確認した。

笹原は光代の協力に感謝を伝え、行司に出口まで送るよう命じる。伊吹たちと共に部屋を出てエレヴェーターへ向かった行司は、改めて礼と謝罪を口にした。

「色々ありがとうございました。それと…タケコさん、疑ってすみませんでした」

「全く困ったものよねえ。でも、一番悪いのはおかしな男と会ってたあたしの姉ですから。勘弁してあげるわ」

「犯罪者になってたなんて知らなかったのよ！」

「ほんっと、見る目ないわよねえ、あんたって」

「あんたには言われたくないわ！」

口汚く言い合うタケコと光代はやはり容姿だけでなく、雰囲気もよく似ている。身近な人間にとっては別人であっても、よく知らない人間はイメージだけで見間違うのも無理はないのかもしれないと思いつつ、伊吹は二人にエレヴェーターへ乗るよう促した。

「ほら、二人とも、乗れって。…あ、行司。ここでいいぞ。忙しいだろう」

「でも…」

「さっさと戻って、山根を捕まえろよ」

伊吹としては行司の為を思って見送りを遠慮したのだが、彼がすっと表情を曇らせるのを見て、動きを止める。自分を見ている行司の目が気にかかり、止めていたエレヴェーターのドアから手を離した。

「…下で待っててくれ」

エレヴェーターに乗っていたタケコと光代に伝えると、二人は揃って何か言いたげな表情を浮かべたが、閉まるドアに阻まれすぐに見えなくなった。行司の前に立った伊吹は困惑した表情の彼に、「どうした?」と尋ねる。

行司は小さく首を横に振り、「何でもありません」と答えるものの、何もないようには見えなかった。伊吹は微かに眉を顰め、まだ何か気にかかることがあるのかと重ねて聞く。

「…何も…ないです」

「なら、どうしてそんな顔してるんだ?」

「……。そんな顔って…変な顔をしてるつもりはないんですが……」

追及してくる伊吹を困惑した目つきで見て、行司は困ったように顔を押さえる。何かを隠している様子には見えず、伊吹は自分の勘違いだったかと思い、「すまん」と詫びた。

「伊吹さんがどうして謝るんですか?」

「いや…、何となく」

理由もないのにすまんと口にした自分が、伊吹自身、分からなかった。ただ…行司の表情がものすごく気になって仕方がなかったのだ。そのわけは考えても分かりそうになく、次第に気まずくなってきて、伊吹はごまかすようにエレヴェーターのボタンを押した。下りていたエレヴェーターが上がって来るのを表示パネルで確認しながら、山根が捕まったら連絡をくれと頼む。

「もちろんです。伊吹さんに…タケコさんにも、お礼をしなきゃいけませんし」

「期待してる」

軽い調子で言った方が雰囲気が解れるような気がして、意識してそう努めた。間もなくして開いたドアから一人でエレヴェーターに乗り込んだ伊吹を、行司は丁寧にお辞儀をして見送った。

行司の姿が消え、エレヴェーターが降下し始めると、伊吹は深々と溜め息を吐いた。エレヴェーターの前で目にした行司の表情は見覚えがあるものだった。タケコの自宅まで、二度目の目撃情報が出たと伝えに来た行司は、別れ際にさっきと同じような顔をして見せていた。

こちらが罪悪感を覚えるような…取り残された子供みたいな顔。どうして行司はあんな顔をするのだろう。変な顔をしているつもりはないと言っていた本人は自覚がないようだが…。難しい顔で考え込んでいた伊吹は、一階に着いて開いたドアから何気なく一歩を踏み出そうとした時、驚いて息を呑んだ。

「っ……な、にしてんだよ？」

「ほらね。怪しいわ〜」

「あんたの悪影響なんじゃないの〜？」

「……。行くぞ」

　タケコと光代が何やら怪しんでいる様子なのは見て取れたが、相手にするつもりはなかったし、場所が悪い。伊吹にとっては古巣である警視庁には、出来れば顔を合わせたくない相手が大勢いる。足早に正面出入り口へ向かう伊吹の後を、タケコと光代は姦《かしま》しく話しながら追いかけた。

「どうもおかしいと思ってたのよ。間違いないわね」

「伊吹くんまでそんなことになるとは…世も末ね〜」

「……」

　背後で交わされている会話の話題の中心は自分のようだが、意味は不明だし、理解もしたくない。敢えて無視した方が賢明だろうと考え、伊吹は後ろを振り返らずに早足で歩き続けた。警視庁を出てしばらく歩いたところで、通りを走って来るタクシーの明かりを見つけて手を挙げる。

　車を停めてからタケコたちを確認すれば、二人ともがぜいはあ息を切らしてやって来るのが見えた。伊吹はタクシーの助手席に乗り込み、間もなく連れが来るから待って欲しいと運転手に伝えた。

その数分後、全力疾走でもしたかのような状態で、タケコと光代が後部座席に乗り込んだ。

「ちょ…、秀ちゃん…っ…、足、はやすぎ…っ…」

「なんで…こんなとこまで…っ…もっと手前で停めてくれればっ…」

「光代さん、局に戻りますよね？　…テレビ東都までお願いします。その後、新宿まで」

まともにしゃべれない二人に代わって伊吹は行き先の指示を出した。車が走り始めてしばらくすると、ようやく息が落ち着いたのか、タケコが「ちょっと」と話しかけて来る。

「秀ちゃん、行司くんと何話してたのよ？」

「……。別に」

やはり、二人は自分と行司について噂していたのかと、内心で嘆息しつつ答える。タケコも光代も、自分以上に目敏い。行司の表情に気づいていないわけがないと思っていた。そして、それから推理したのであろう二人の妄想につき合うつもりはなく、素っ気ない返事をしたにも関わらず、息が落ち着き始めたタケコは光代とけたたましく話し始める。

「別にってねえ。だったら、あたしたちの前でも話せたはずよねえ」

「先に行かせたのは聞かせたくない話だったからとしか思えないわよ。あの子、縋るような目して伊吹くん見てたし」

「行司くんでしょ？　そうなのよねえ。あたしも怪しいと思ってて…」

「…お前、ノンケだって断言してたじゃねえか」

自分の妄想に合わせて話を変えるタケコに呆れ、伊吹は溜め息交じりに指摘する。タケコは鼻息荒く、言い訳をつけて言い返した。

「あの時はね！　ま、今でもそうだとは思ってるんだけど…ノンケでも秀ちゃんになら惚《ほ》れちゃうって気持ち、分かるのよねえ」

「伊吹くんが男に好かれる質《たち》なのは前から分かってたけど、相手にはしない人だと思ってたのにな～」

「光代さんまで何言ってんですか。それに好かれる質とかやめて下さい」

「じゃ、秀ちゃん。行司くんと何話してたのよ？」

「何って…」

本当に何も話していない。行司は自分の表情がおかしいという意識もないようだった。ただ、無意識であんな顔をしていたのだとしたら…それはそれで問題なのかもしれないと思う。行司は彼自身が気づかないところで…。

「……」

自分に好意を持っているのではないかと考えかけて、伊吹はあり得ないと思い、溜め息を吐いた。自らタケコの妄想を認めるような考えを抱いてどうするのだ。そんな意味で吐いた溜め息は、タケコに更なる妄想を抱かせる。

「いやああ！　秀ちゃんはあたしのものなんだから！　行司くんなんかに渡したりしないわよお！」

伊吹まで思い煩っているのかと勘違いし、タケコは雄叫びを上げる。耳を塞ぎながら仏頂面で「うるさい！」と後部座席へ怒鳴った伊吹は、警察から重要参考人としてマークされるよりもずっと厄介な問題を抱えてしまったような気がして、途方に暮れた。

テレビ東都で光代を下ろし、新宿へ戻った時には午前二時を過ぎていた。番組収録の後に警察まで赴き、すったもんだあったお陰で伊吹もタケコもかなり疲れており、食事だけして家へ帰ろうと話し合う。明け方まで営業している行きつけの割烹《かっぽう》で、空いていたカウンター席に落ち着いたものの、タケコは不機嫌なままだった。

「…タケ。わけの分からないことで機嫌を損ねるのはよせよ」

「わけ分からなくないわよ」

「俺と行司の仲を疑うなんて、最大級にわけわかんねえぞ」

肩を竦める伊吹を、タケコは目を眇めて見る。グラスのビールを飲み干し、お代わりを頼むタケコの視線は伊吹に注がれたままで、疑いの色が消えていなかった。溜め息を吐いて頬杖をつく伊吹の横で、ドレスの袖をいじくりながらねちねちと疑惑を口にする。

「行司くんが秀ちゃんに気があっても、秀ちゃんがいつも通りなら構わないのよ。秀ちゃんに惚れる男なんて大勢いるんだから、あたしだっていちいち目くじら立てないわ。でもね。問題は秀ちゃんの態度よ。行司くんには妙に親切で優しいと思うのよね」

「…そりゃ…あいつが刑事だからだって。出来ることはしてやりたいと…」

「だったら、行司くんじゃなくて、あの笹原っておっさんが来たんだったら、同じように親切にした?」

「…笹原さんは主任をやるようなベテランなんだから、俺の助けは要らないだろう」

「違うでしょっ。行司くんが若くて可愛いから、助けたいって気持ちになったに決まってるわよ」

「……」

若くて可愛い…というのはタケコの主観であって、伊吹にはどうでもいい観点だった。決して、若くて可愛いから協力しようと思ったのではない。行司が刑事で…年下だったから、消えない古傷が疼《うず》いたからだ。無茶をして危ない目にあったりしたらと思うと、放っておけなかった。

だが、今のタケコは何を言っても邪推の材料にしそうだと思い、敢えて自分の本心は伝えなかった。それよりも、タケコが失念している現実を伝えた方がいいだろう。伊吹は溜め息交じりに「だが」と口を開く。

「この分で行くと、どのみち、行司とはもう会うこともなくなるぞ」

「……。そうね」

行司が伊吹とタケコの前に現れたのは、山根を逮捕する為だった。紆余曲折があったが、光代の働きによって名古屋にいると分かった山根を逮捕出来れば、行司は念願を果たせる。

だから、今度こそ行司との接点は消える。

すっかり忘れていた事実を聞かされたタケコは、ぱっと顔を輝かせた。伊吹と行司が会う機会がなくなれば、嫉妬する必要もなくなる。そうよねえ…と再度打った相槌は力強いものだった。

「山根が捕まれば行司くんはもう現れなくなるわよね。あーよかった。ほっとした」

「なんか、間違ってるけどな」

ほっとする必要もないと苦笑し、伊吹はビールを飲み干す。お代わり頼む？　と打って変わったご機嫌ぶりで聞いて来るタケコに、日本酒にしようと持ちかけ、好きな酒を選ばせた。メニュウを捲るタケコを眺めながら、伊吹は頭の奥にある考えを見つめていた。

行司があんな顔をしていたのは…これでもう、会うことはなくなると思ったからなのかもしれない。独りよがりな考えか、的を射た考えか。どちらとも思い切れない自分が一番問題だと、内心で溜め息を吐いて、煙草を取り出した。


タケコの疑いを晴らす為に…というよりも、自分自身の為に、行司ともう会わないことは悪くないと思っていた。行司との仲を疑うタケコを妄想だと切り捨てながらも、伊吹は自分の心の中に特別な気持ちが芽生え始めているのに気づきかけていた。誰にも言えないその気持ちは、行司と会わなければ自然と消えて行くに違いない。そう思って、時の流れに任せようと思っていたのに、驚くようなニュースが伊吹の目論見を打ち砕いた。

山根が名古屋にいると分かってから三日後。伊吹とタケコはテレビ局の楽屋で、驚愕のニュースを聞くことになった。メイクと着替えを終え、収録開始の連絡を待っていたタケコの楽屋に、そのニュースを伝えに来たのは血相を変えた光代だった。

「ニュース見た⁉」

光代はいつも唐突な台詞と共に現れるが、ドアを開けてすぐに聞かれた意味は伊吹にもタケコにも分からなかった。何のことよ？　と不審げに聞くタケコに「山根が捕まったんだって」とビッグニュースを口にしながら、楽屋のテレビをつける。

「本当に？　名古屋で？」

「……どっかでやってないかな。…あ、これ」

時刻は昼過ぎで、間もなく各局で午後の情報番組が始まる頃だった。その前に挟まれる短いニュースで、大型詐欺事件の主謀犯が逮捕されたと伝えている。が、伊吹やタケコが注目したのは、山根が捕まったことよりも逮捕された過程おいて、捜査関係者に怪我人が出たという報道だった。

『…振り込め詐欺や大口投資詐欺の主謀犯であると見られている山根一茂が潜伏先の名古屋市内で、警視庁捜査二課によって逮捕されました。山根が市内のホテルにいたところを捜査員が確保、その際に捜査員の一人が負傷した模様ですが、詳しい状況はまだ分かっておりません。現在、山根一茂は中村《なかむら》中央署で取り調べを受けており、夜にも警視庁へ身柄を移される模様です…』

現地の警察署前から情報を伝えるリポーターの周囲はマスコミ関係者の姿が多くあり、騒然としている雰囲気が感じられた。山根が逮捕されたのは喜ばしいが、怪我人というのが気にかかり、タケコは表情を曇らせて伊吹を見る。

「秀ちゃん…。あの子、大丈夫かしら…」

行司に敵対心を抱いてはいても、基本的に人のいいタケコだ。心配げに聞いて来るタケコを伊吹は硬い表情で見て、携帯を取り出した。何もなければいいと願いながら電話をかけるのに、留守電に切り替わってしまい、行司の声は聞けない。

「……留守電になってる」

「忙しくて出られないってだけならいいんだけど…」

確認する方法はないものかと、頭を悩ませる伊吹とタケコに、テレビに見入ったままの光代が告げた。

「私、笹原さんの番号、知ってるわよ」

「どうして知ってんのよ?」

「この前、連絡先として名刺貰ったもの」

社会人として当然でしょ…と言いながら、光代は鞄から分厚いシステム手帳を取り出す。

中に挟まれていた笹原の名刺には携帯の番号も記されており、早速伊吹がその番号に電話をかけた。

　留守電に切り替わった行司とは違い、笹原の携帯には繋がって、しばらく呼び出し音が鳴り続けた。辛抱強く待っていると、「はい」と答える笹原の声が聞こえる。

「…よかった。笹原さんですか？　タケコのマネージャーの伊吹です。お忙しいところ申し訳ありません。今、ニュースを見たんですが…怪我人が出たとありまして…」

　そこで笹原が「大丈夫ですよ」とでも言ってくれたら、すぐに通話を切ることが出来た。多忙な中、手間を取らせて悪かったと詫びるつもりだったのに、伊吹の期待を裏切って笹原は低い声で「行司なんです」と口早に言った。

「え…」

『山根がナイフを隠し持っていて…行司が刺されました。今、病院で治療中です』

「刺されたって……怪我の程度は…」

『命に別状がある怪我ではありませんが…。すみません…。ちょっと、話していられる状況ではないので、改めて貰えますか？』

　笹原がそう言う意味はよく分かり、伊吹は「すみませんでした」と詫びて、自ら通話を切った。間近に寄り添って耳をそばだてていたタケコと光代にも、負傷者というのが行司なのは伝わっていた。

「秀ちゃん、行司くん、刺されたのっ…!?」

「刺されたって、死んだわけじゃないのよね？」

「…命に別状はない…そうだ……」

笹原から聞いた情報は、ひとまずの安堵が得られる内容だったが、繰り返す伊吹の口調は弱々しいものだった。辛い記憶が蘇《よみがえ》って来て、息苦しくなる。同時にエレヴェーターの前で見た、行司の寂しげな顔が思い出され、自然と拳を握り締めていた。

「……タケ。俺、名古屋、行って来る」

「えっ…秀ちゃん？」

「伊吹くん？」

行司の顔を見なくては…彼の無事を自分の目で確かめなくては、おかしくなりそうだった。呟くようにタケコに告げ、伊吹は立ち上がる。ちょっと待ってと引き留めるタケコや光代の声も構わず、伊吹は行司を心配する一心で楽屋から駆け出していた。

東京駅から新幹線に飛び乗り、二時間弱で名古屋に着いた。新幹線内で昔のつてを使い、行司の搬送先を調べていたので、名古屋駅からすぐにタクシーに乗って病院へ向かった。十分ほどで着いた病院で、もういないかもしれないと思いつつ、行司の居場所を聞くと、幸運にもまだいるとのことで病室へ案内された。

ドアをノックすると「はい」と返事する行司の声が聞こえる。本人の声が聞こえたのにほっとして、膝の力が抜けそうだった。伊吹は大きく息を吐いてからドアを開け、閉められていたカーテンをめくった。行司は病院の寝間着を着てベッドの端に浅く腰掛けており、伊吹を見ると目を丸くする。

「い…ぶきさん…？」

伊吹と名古屋で会うとは夢にも思っていなかったのだろう。満足な音になっていない声で名前を呼ぶ。驚いている行司の傍まで歩み寄った伊吹は、怪我はともかく、元気そうな様子を見て「よかった」と呟いた。

搬送先の病院を調べて貰った際、行司の怪我の具合も聞いていた。ナイフを振り回した山根を取り押さえようとした際に腕を切られた…という内容から重傷ではないと判断出来たものの、軽傷だからと引き返す気にはなれなかった。

実際、行司の顔を見ると、ここまで来てよかったと思える。ほっとした気持ちが強く、続けて何も言えないでいる伊吹に、行司は「どうして」と理由を聞いた。

「伊吹さんが…ここに…？」

「…お前が怪我をしたって聞いて……心配で…」

様子を見に来たと言いかけて、伊吹は眉間に皺を刻んだ。「様子を見に」来る距離でないのは、伊吹自身にも自覚があった。都内ならともかく、ここは名古屋だ。その上、命に関わるような大怪我というわけでもない。よしんば、重傷だったとしても、行司の方には新幹線を使って飛んで来られるような心当たりがないだろうことは分かっていた。

いてもたってもいられなかった自分の心情を説明するのは難しい。伊吹は更に眉を顰めて、溜め息を吐く。

「……とにかく……無事でよかった」

取り敢えず、それで済ませようと思い、伊吹は「じゃあな」と言って立ち去ろうとした。そんな彼を行司は引き留めようとして、咄嗟にその腕を掴む。だが、治療を終えたばかりの怪我に痛みが走り、小さな呻き声を上げて手を離す。

「っ…！」

「大丈夫か？」

顔を顰めて身体を竦ませている行司を振り返り、伊吹は心配げに尋ねる。行司は首を振って反射的に痛みを感じただけで、大したことはないと伝えた。

「痛み止めも打ってるので…平気です」

そうかと頷きながらも、伊吹は困った気分だった。自分の行動を説明するのは難しくて、ごまかして立ち去ろうとしたのに、帰りづらくなってしまった。何か話さなくてはいけない空気も感じており、怪我の状態について尋ねる。

「…それで……どうなんだ？」

「あ…ああ、ええと…。防御創というやつで…こう…腕を盾にした時に切られたのが二、三カ所…。でも、そんなに深くない傷なのですぐに治ると思います」

行司の説明を聞いた伊吹はそうかと頷いて、包帯の巻かれた腕を見る。痛々しげな姿は伊吹の気持ちを落ち込ませるもので、つい、溜め息が零れていた。

「……山根が凶器を所持していることは想定していなかったのか？」

「その点は…俺が迂闊《うかつ》でした。ホテルのロビイに入って来た山根を見つけた時、逃がしてはならないという思いが先走ってしまったんです…」

「山根は暴力団とも繋がりがあるって…俺を心配してくれたじゃないか」

なのに、自分は忘れていたのかと苦笑する伊吹の前で、行司はしゅんとした態度で項垂《うなだ》れる。かなり反省しているのが分かったが、行司は一人で捜査を行っているわけではない。自分の怪我が周囲に及ぼす影響を考えろと、伊吹は低い声で諭す。

「笹原さんだって生きた心地がしなかったと思うぞ。二課の捕り物で怪我人なんて、そうあることじゃないだろう」

「…はい」

「余り心配をかけるな」

深く頷く行司の頭を軽く叩く。すぐに手を離そうと思っていたのに、柔らかな髪の感触が心地よくて手が離せなかった。掌から伝わって来る温かさが、怪我をしたのが行司だと聞いた時から疼いていた心の一部まで届く。古い傷口が開いたみたいにじくじくと痛んでいた心が解けていくのを感じて、伊吹は身を屈めて行司の頭を抱えた。

「……」

行司が息を呑んで身体を緊張させるのが分かる。それでも手を離せなくて、伊吹は行司

の耳元で「少しだけ」と囁《ささや》いた。

「…こうしていても、いいか？」

「………」

腕の中で行司がぎこちなく頭を動かす。縦に動いたのを確認して、伊吹は息を大きく吸い込んだ。行司ともう会わない方がいいと思った理由を、言葉にして考えるのを意識して止めていた。タケコの妄想が当たってしまうのが怖くて。ギャーギャー騒がれるのが厭だというのではなく、ただ、怖かった。

誰かに対して特別な気持ちを抱いたのは随分前のことで、どんなだったか、もう忘れている。相手を心配したり気遣ったりすることは得意だ。けれど、同じように返される気持ちを受け取るのには戸惑いがある。

その戸惑いを自然と越えて、素直に「ありがとう」と思えるような相手は長く、いなかった。

「……い、…ぶ……き…さん…」

行司を抱き締めたまま考え込んでいた伊吹は、随分長い時間が経っていたのに気づいていなかった。かちこちに固まっていた行司が、遠慮がちに…そして辛そうに…声をかけて来るのを聞き、はっとする。

「…ごめん…」

慌てて伊吹が離れるのと同時に、病室をノックする音が響く。離れてはいたものの、飛び上がって驚く行司と伊吹の元へ顔を見せたのは、笹原だった。さっとカーテンを開けた笹原は伊吹の姿を見て目を丸くした。

「伊吹さん…！　いらしてたんですか」

「…あー…先ほどはお忙しいところ、すみませんでした」

「いえ、こちらこそすみません。ちゃんと説明すべきでしたね。心配させてしまいましたか」

自分が怪我の具合を詳しく伝えなかったせいで、遠く離れた名古屋まで様子を見に来させるような心配をかけたのかと、笹原は申し訳なさそうに詫びる。伊吹は自分が勝手に来たのであり、笹原は全く悪くないと恐縮した。

「以前に…ちょっとあったものですから…。大げさに考えてしまう癖がついてしまったようですみません。これから山根を移送するんですか？」

「いえ。今晩はこちらで尋問を行い、移送は明朝となりました。行司の様子を見がてら、それを伝えに来たのですが…伊吹さんは東京へ戻られるんですよね？」

「はい」

「でしたら、行司を一緒に連れ帰って頂けませんか。この状態で現場へ戻すわけにもいきませんので…」

「主任。俺は大丈夫です」

「何言ってんだ。スーツもシャツも駄目になって、着るものもないじゃないか。一度自宅に戻って、今晩はゆっくり休め。明朝一番で山根を移送するから、お前は本庁で準備しておいてくれ」

「……。分かりました」

笹原の指摘に反論出来ず、行司は渋々ながら了承する。連れ帰って欲しいと言われた伊吹は内心で困惑していたものの、断ることが出来なかった。山根の取り調べを抜け出して来ている笹原は忙しそうで、量販店で買って来たシャツを行司に渡すと、手続きは済ませておくからとつけ加え、早々に帰って行った。

伊吹と二人になると、行司は溜め息を吐いて「すみません」と詫びる。

「伊吹さんにもご迷惑をかけることになって…」

「いや。どうせ俺も帰るから…」

伊吹は笹原が置いていったシャツの入った紙袋を開け、手が不自由になっている行司に代わってパッケージを破く。ボタンも外したシャツを渡すと、行司は着ていた病院の寝間着を脱いだ。

「……」

上半身裸になり、シャツを着る行司を見ているのがなんだかまずいように感じられ、行司はそれとなく視線をそらした。何気なく「外で待ってるな」と言い、先に部屋を出る。廊下で壁を背にして立ち、タケコにメールを打った。無事だったことと、今から東京へ戻るという内容を短い文にして送信すると、行司が病室から出て来た。

「お待たせしてすみません」

「行くか」

借りていた寝間着を詰め所へ返してから正面出入り口へ向かい、タクシー乗り場から車に乗った。現場となったホテルから救急搬送されたという行司は病院と駅の地理関係が分かっておらず、十分ほどで着くと伊吹が教える。

「伊吹さん、トンボ帰りですね。本当に…すみません」

「お前が謝る必要はない。俺が勝手に来たんだ」

殊勝な態度で詫びる行司に、伊吹は肩を竦める。都会であっても、東京に比べると随分空の面積が多いように感じられる街を車窓から眺めていると、行司が呟くような声で話しかけて来た。

「…さっき……」

「…さっき?」

「…主任に言ってた……大げさに考える癖っていうのは……一課の時のことですか?」

遠慮がちに確認する行司に、伊吹は何も返せなかった。警察を辞めた原因である事件のことを行司が聞き及んでいるのは分かっていた。前に聞かれた時は答えないで済ませたが、今はもう、スルーすべきではないような気がして、覚悟を決めて頷く。

「…ああ」

行司が怪我を負ったと聞き、真っ先に浮かんだのは苦い過去の記憶だった。最悪の事態が頭をちらついて離れなくなった。無事な顔を見たくて…ここまで来てしまった。それを続けて説明したかったのに、言葉が出て来なくて、伊吹は深い溜め息を吐いて窓の外を見た。

煙草が吸いたいと思っても禁煙という二文字に阻まれる。生きにくい世の中だと内心でぼやいている内に、タクシーは名古屋駅に着いていた。伊吹は車を降りるように促し、行司に代わって支払いを済ませる。先に降り立った行司が硬い顔つきで自分を見ているのに気づいてはいたが、構わずに、新幹線の切符を買いに向かった。

六本木のテレビ局を飛び出したのは二時前だったが、新幹線で名古屋まで来て、病院を往復している間に夜になっていた。帰京するサラリーマンも多く、新幹線は混み合っており、三人掛けの席の通路側二席にようやく落ち着けた。新幹線に乗り込んでも行司は黙ったままで、自分が話すのを待っているような気がした。

山根が逮捕されたことで行司の目的は達成され、今後二度と会うこともないかもしれない。だから、何も言わずにおいてもいいと思うのに、行司に二度と会わないでおくなんて、あり得ないという気持ちの方が強かった。命に別状はないと聞いても、無事な姿を見なくては気が済まなくて、遠く離れた名古屋まで来てしまったくらいだ。

新幹線はすごいスピードで東京へ戻りつつある。東京に着けば、自分はタケコの元へ戻らなくてはいけないし、怪我をしている行司を早く自宅に帰らせて休ませなくてはならない。今しかないと意を決し、浜名湖《はまなこ》が見えかけた辺りで伊吹は自分が警察を辞めた理由について話し始めた。

「…誰かから…聞いてるのかもしれないが…。俺が辞めたのは…組んでた後輩が亡くなったからなんだ」

「……」

周囲を気遣い、潜めた声で打ち明ける伊吹を、行司ははっとしたような顔で見る。窓際の席に座っている客は熟睡している様子で、話をする邪魔にはならなかった。伊吹はじっと見つめる行司の方は向かず、視線を俯かせたまま話を続けた。

「俺よりも三つ下で…若いのにしっかりしてて…でも優秀な分だけ、向こう見ずなところのある奴だったんだ。だから、面倒見てくれって言われてたのに…強引な真似をするのを止めきれなかった」

「……撃たれたと……聞きました」

「別の現場へ向かう途中、スーパーに強盗が入ったっていう一報が入ったんだ。ちょうど…俺たちが通りかかったところで、様子を見に行った。犯人はまだ店内にいて、俺たちしか現場に着いていなかった。凶器を持っているかどうか、店の外からは分からなかったから、応援を待とうと言ったんだが……俺が上司と電話している間に様子を見て来ると言って、いなくなって……。…それからすぐに銃声が聞こえた」

後輩だった倉田を撃って逃げた犯人はその後逮捕され、スーパーの店員や客に怪我人などは出なかった。犯人の供述によると、奪った現金を持って出たところを倉田に呼び止められて焦り、闇雲に撃ったという銃弾が当たって致命傷となった。殺意は否定したものの、強盗殺人の罪で起訴された後、無期刑が確定している。

事件後、伊吹は倉田を単独行動させた責任を問われたが、一課を追われるほどの追及はされなかった。それでも、倉田の死は伊吹の中に深い傷を創り、退職という道を選ぶしかなくなった。

当時のことを思い出すと辛くて仕方がなかった時期はもう過ぎている。思い出話として誰にでも話せるほど、こなれた記憶にはなっていなくても、こうして行司に話せた自分は一つ前に進めたような気がした。

だから、伊吹としては話せてよかったという気持ちでいたのに、何気なく見た隣の行司が、ひどい顰めっ面でいるのを見て驚く。

「……どうした?」

「……。すみません…」

「なんで、お前が謝るんだ?」

「伊吹さんに…心配かけて…。すみません…」

頭を下げて詫びる行司にどう言えばいいか分からず、苦笑が漏れる。伊吹は小さく息を吐き、自分も行司と同じなのだと告げた。

「…お前も俺を心配してくれるって…言ったじゃないか。俺だって同じだよ。…お前のことを心配してる」

前に行司が向けてくれたのと同じような言葉を返すと、俯いていた顔が上げられる。自分を見る行司と目が合った瞬間、伊吹は衝動的な思いに囚われた。病室でもほっとする余りに突発的な行動に出てしまったが、それよりも強い思いに突き動かされて自然と腕が伸びる。どうしてと理由を考える前に、自分たちが置かれている状況を読む前に、隣に座る行司の肩を強く引き寄せていた。

「…っ…」

驚いた行司が息を呑んで身体を強張らせる。けれど、抵抗はしない。がちがちに緊張した身体を更に引き寄せると、行司は下を向いたまま伊吹に凭れかかるようにして固まった。ほぼ満席の新幹線内で、そんな真似をすれば衆目に晒されるというのは分かっていた。けれど、誰に見られようが、どう思われようが行司に触れていたいという気持ちの方が強くて、行動を抑えられなかった。小田原《おだわら》を通過し、次は新横浜《しんよこはま》だというアナウンスが聞こえても行司を離せず、通路を行き交う乗客が向けて来る好奇の目を無視して、自分に寄り添っている行司の体温を感じていた。

窓際の席に座っていた客が、品川で降りる時になって伊吹はようやく行司を解放した。行司が長い溜め息を吐くのが聞こえ、自分は何をやらかしてしまったのかと、反省する。そして、ちらりと見た隣の行司が、耳を赤くしているのを見て、頭を抱えた。

あり得るはずのない思いを…自分は行司に対して抱いてるんじゃないか。そんなことは深く考えなくても明白だったのに、認められない…認めてはいけないという理性がまだ残っていて、伊吹は途方に暮れる気分になった。

東京駅に着き、新幹線を降りても行司の耳は赤いままで、伊吹と目を合わせようとはしなかった。ホームから下り、新幹線の改札を抜けたところで、伊吹は自宅まで送ろうかと行司に聞いたのだが、彼は俯かせたままの頭を横に振った。

「い、いえ。大丈夫ですから…っ。今日は…本当に…ありがとうございました」

「……いや。こっちこそ…すまなかった」

「タケコさんにもよろしくお伝え下さい」

また改めてお礼に伺います…と四角四面な物言いで挨拶し、背を向けて去って行く行司の動きは、今にも壊れそうなブリキのおもちゃみたいだ。無事に帰れるのかと心配になったものの、行司の変調は怪我のせいではなく、自分のせいだと分かっていたので、追いかけたりしなかった。

それに時間が経つにつれて、反省しなきゃいけないという気持ちが強くなっていた。俺は頭を冷やすべきだ。新幹線内でやらかした自分の失態を思い出し、溜め息を零す伊吹の動揺を見透かしたかのように携帯が鳴り始める。

相手を見ればタケコで、覚悟を決めてからボタンを押した。

「…はい」

『今、何処⁉　まだ名古屋なのっ⁉』

「東京駅だ。そっちは？　終わったのか？」

長引いていた収録がようやく終わったところだと言うタケコに、伊吹はすぐに行くと伝える。八重洲《やえす》口からタクシーに乗り、六本木のテレビ東都に着くと、何時間か前に飛び出したタケコの楽屋へ戻る。伊吹を待ち構えていたタケコは、差し入れで貰ったというシュークリームをぱくつきながら、「どういうことよ？」と噛みついた。

「行司くんが心配なのは分かるわよ。でも、名古屋くんだりまで行くって、ねえ、どういうこと？」

「…クリームついてるぞ」

「ごまかしても無駄よっ。大体、電話で命に別状があるような怪我じゃないって聞いてたじゃないの。それを確かめにわざわざ新幹線って…どんだけ行司くんが気になってるのよ。あり得ないわ！　あたしの秀ちゃんがっ」

テンション高く文句を言いながら、シュークリームを飲み込むように食べるタケコに溜め息を向け、伊吹は椅子に座って煙草を取り出す。病院だの、新幹線だの、喫煙出来る場所がなくて、久しぶりの煙草だった。身体に染み渡るような煙を味わい、タケコに通じるように説明する。

「…トラウマってやつだな。倉田のことを思い出して、いても立ってもいられなくなった」

「……」

タケコは生前の倉田を知っているし、自分が動揺した理由もよく分かっているに違いない。だから、タケコは納得してくれると思っていたのに、疑わしげな目で見てくるのが気になった。

「…なんだよ?」

「なんか、言い訳っぽい」

「…俺が倉田のことを言い訳に使うと思うのか?」

「そうじゃないわよ。秀ちゃんが倉田くんが撃たれた時のことを思い出して、動揺したっていうのは理解出来るのよ。行司くんも仕事の為にストーカー紛いの行動しちゃうような、熱くなって無茶するタイプじゃない。まさか…ってあたしだって一瞬思ったもの。でもねえ…。行司くんはねえ…」

「何が違うんだよ?」

解せないという顔つきのタケコを、伊吹は煙草を咥えたまま渋面で見る。タケコは残っていたシュークリームをむしゃむしゃと食べ終えると、新たなものを手にして憂いのある溜め息を吐いた。

「あたし、恋の匂いには敏感なのよねえ」

「……」

何言ってんだ…と即座に切り捨てられればよかったのだが、病室や、新幹線内でのことが頭に浮かんで、何も言えなくなった。無事を確認してほっとしただけで十分だったはずなのに、衝動的な思いに抗《あらが》えなかった。緊張して強張った行司の身体が温かかったのを、まだリアルに覚えている。

「……」

自分がしたことは、行司への特別な思いを現している。そう分かってはいたが、認められないし、認めるわけにはいかない思いだった。自分でもどうやって解決すればいいのか分からない問題を前に、言葉が出て来ない伊吹を、タケコは仏頂面で睨んで自棄のようにシュークリームを口へ押し込む。

「くやひい～…！」

「…だから、クリーム出てるって」

タケコの形相が現実に引き戻してくれて、伊吹はほっとしつつ、煙草を消す。無言でティッシュボックスを差し出して、口の周囲についたクリームを拭くように言いながら、心の中で「あり得ないのに」と力なく呟いた。


行司は無事に帰れただろうか。怪我は大丈夫だろうか。伊吹は色々と気になっていたものの、嫉妬心を燃やすタケコがずっと傍にいたのもあって、行司に電話出来なかった。翌日。いつものごとく昼過ぎに起きてテレビをつけると、ニュース番組で山根が警視庁へ移送されたと伝えていた。行司は笹原の指示通り、自宅で休んだ後、本庁で取り調べの用意をしていたのだろう。

何を考えても行司の顔を思い浮かべてしまう自分は重症だなと呆れつつ、テレビを消す。今度、行司に会った時には…取り返しのつかない結果が生まれそうで、怖くなった。やっぱり行司とは会わない方がいい。改めてそう思い、気にかけてはいても、連絡を取らなかった。

山根の取り調べで忙しくしているようで、行司の方からも連絡はなかった。このままフェイドアウトしていくならば、それが最良だと思っていた。行司だって行動のおかしかった自分を訝しんでいただろう。行司の方が、自分にとって危険な相手だと認識してくれるなら…厄介ごとにならずに済む。

そう思って忘れようとしていたのに、名古屋へのトンボ帰りから一週間余りが経った頃。伊吹は行司の声を耳にすることになった。

その日、番組収録の為、午後からテレビ局入りしたタケコはメイクを済ませてから弁当を食べていた。番組スタッフと今後のスケジュールについての打ち合わせに出ていた伊吹が楽屋に戻って来ると、タケコは携帯で話をしていた。楽屋へ入って来た伊吹を見て「戻って来たわ」と言うのを聞いても何とも思わなかったが、耳につけていた携帯を差し出されてぎょっとする。

「秀ちゃん、行司くんよ」

「っ…俺の携帯じゃねえか！」

よくよく見ればタケコが使用していたのは伊吹の携帯で、勝手に出たのかと憤る。タケコは悪びれた様子もなく、「鳴ってたから」と言うけれど、着信相手が行司なのに気づいたから出たに違いない。

だが、悪いのは携帯を置いて出た自分だ。伊吹は仏頂面で携帯を受け取り、深く息を吸った。本当は…行司からの連絡は無視するつもりだった。それがお互いの為になると…思っていたから。なのに…。

自分の思うようにはいかないように出来てるものだ。意を決して「すまん」とまず詫びた。

「楽屋に携帯を置き忘れてて…タケが勝手に…」

『いえ。タケコさんともお話したかったのでちょうどよかったです』

「…調子はどうだ？」

タケコが耳をそばだてているのは分かっていたので、出来る限り声のトーンを抑えて聞く。行司は落ち着いた口調で「ありがとうございます」と伊吹の気遣いに礼を言った。

『怪我の方はお陰様で順調に治っています。もう痛みもほとんどありませんし…山根の取り調べの方も進んでいます』

「そうか。それはよかった」

『それで…前に言ってた約束を…』

「約束？」

そんなものをした覚えはなく、伊吹は怪訝そうに繰り返す。そんな伊吹に行司は山根を逮捕出来たらお礼をするという約束をしたと説明した。行司の話を聞きながら伊吹も思い出してはいたが、本気にはしていなかったから構わないと伝える。

「気を遣わなくてもいいぞ」

『でも…タケコさんは…』

タケコがどうかしたのかと思い、壁に向かって話していた伊吹は背後を振り返る。すると、さっきまで椅子に座っていたタケコがいつの間にか真後ろに立っており、その近さと存在感に息を呑んだ。

「っ…！」

「秀ちゃん、行司くんが焼肉奢《おご》ってくれるんだって〜」

にまーと人の悪い笑みを浮かべ、タケコはいっしっしと声を上げて笑う。伊吹は眉を顰めてタケコを見返し、行司にやめた方がいいと忠告した。

「刑事の薄給じゃタケの胃袋に耐えられないぞ」

『でも…もう約束してしまったので…』

行司の声が聞こえているのか、タケコが「収録終わったら行くのよ」と告げて来る。伊吹はタケコに舌打ちして、再度行司を止めようとした。しかし、背後からタケコが肩に手をかけ、呪いのような囁きを耳元へ吹き込んで来る。

「いいじゃない。秀ちゃんだって行司くんに会いたいでしょう～？」

「っ…タケ！」

『…すみません、伊吹さん。ちょっと行かなくてはいけなくて…タケコさんにお店選びはお任せしましたので、メールで連絡頂けますか？』

お願いします…とつけ加え、行司は忙しそうに通話を切る。携帯を見れば、通話時間が十五分を超えていた。伊吹が行司と話したのは三分にも満たないような時間だ。残りの時間は全てタケコが話していたのだろうが…。

「…何を話してたんだ？」

「べえつうにい～」

伊吹は鋭い目で睨んだものの、タケコは全く堪えておらず、人相の悪い顔で言い返して来る。厭な予感がしたが、問い詰めたところでへそ曲がりのタケコは話さないと分かっている。行司と会わなくてはいけなくなってしまったのも合わせて、携帯を置き忘れた自分のミスを悔いた。

ものすごく気は進まなかったが、逃げ出すわけにもいかない。タケコの収録が終わると、行司に店の場所と待ち合わせ時間をメールした。行司からはすぐに待ち合わせ時間通りに行けそうだという返信があった。

「秀ちゃん、なんで金襴亭《きんらんてい》じゃ駄目なの～？　あそこ、美味しいのに」

「行司を破産させる気か？」

タケコが希望した店よりもランクの低い店を伊吹は予約したのだが、それでも焼肉好きのタケコが食べる量からすれば、かなりの金額になるだろう。ぶつぶつ文句を言うタケコをタクシーに乗せ、新大久保にある店へ向かった。

伊吹とタケコが席に着いてから間もなくして行司が現れた。タケコが一緒であるから、どんな些細な感情も表には出さないように気をつけながら、伊吹は行司に応対した。

「すぐに分かったか？」

「はい。美味しそうなお店ですね」

「普通よ、普通。ちょっと～オーダーお願い～」

タケコは二人分の席を占領しているから、行司は伊吹の隣に座らざるを得ない。腰掛けようとする行司が緊張した顔つきでいるのを見たタケコは、怪訝そうに顔を顰めて鼻先から息を吐く。八つ当たりみたいに大量に注文するタケコを伊吹は顰めっ面で見た。

「タケ。ちょっとは遠慮しろよ」

「行司くんの方からお礼がしたいって言って来たんじゃない。いいわよねえ？」

「は、はあ…。でも、そんなに食べられるんですか…？」

あたしを誰だと思ってんの？　と返すタケコの態度は堂々としたものだ。伊吹は呆れて何も言う気になれず、先に運ばれて来たビールに口をつけた。

「…そういや、豆吉に投資セミナーへの出演を頼んだ…あの、大吾って奴はどうなったんだ？」

山根と繋がりがあるかもしれないと考え、自宅まで尾けて住所や名前を調べた大吾について尋ねる伊吹に、行司はその後に判明した事実を告げる。

「松坂大吾ですね。松坂は山根が裏で資金管理を任せていた男だったんです」

「じゃ、似つかわしくない豪華なマンションに住んでられたのも、その金のお陰か？」

「はい。松坂大吾は山根の関係者として名前は挙がっていなかったのですが、山根の逮捕後、問い質したところ、知らないと答える割に態度が不審だったんです。山根は我々が松坂の存在を掴んでいるとは思っていなかったようなんですね。なので、別件で家宅捜索令状を取り、あの神楽坂のマンションを調べてみましたら、山根が隠していた資金が出て来ました」

「現金？」

下世話な話が大好きなタケコが目を輝かせて尋ねるのに、行司は真面目な顔で頷く。

「現金が五億ほどと、あとは金塊や宝石など…ざっと二十億円相当の資金がプールされていました」

現金に金塊、宝石と聞いたタケコは益々目を光らせる。二十億もあったら遊んで暮らせるわよねえ…と言う顔は真剣なものだ。

「うらやましい〜。あたしも二十億欲しいわ〜」

「何言ってんだ。そんだけ、被害者がいるってことなんだぞ」

「松坂の存在を掴めていたのは、我々にとって非常にプラスでした。伊吹さんのお陰です。ありがとうございました」

隣に座る伊吹に、行司は丁寧に頭を下げて礼を言う。行司としては伊吹の思い切った行動で自宅住所や名前が分かったことに礼を言ったのだが、タケコには納得のいかない態度だった。

「あたしだって協力したわよ～？」

「あっ…も、もちろん、タケコさんもありがとうございました…！」

「なんか、温度差を感じるのよねえ…」

じとっとした湿度のある視線を二人に送りながら、タケコは焼いた骨付きカルビの肉を噛みちぎる。相手にしないと決めている伊吹はそっぽを向いてビールを飲み、行司にも飲むように勧めた。

「あ…そういや、お前は飲めないんだったか？」

「いえ。あれは捜査中でしたので…本当は少しなら飲めます。明日は久しぶりに非番なので、頂いてます」

そう言って、行司はチューハイの入ったグラスを手にする。それを聞いたタケコはにやりと笑って、野太い声で店員を呼びつけた。

「追加オーダーお願い！　生ビール三つと、梅酒ロックと、チューハイ、濃いめで三つ！」

「…タケ。誰がそんなに飲むんだ？」

「いいじゃないの。行司くんも明日、休みだって言うし、飲もう飲もう」

「あの、ですから、タケコさん。俺は少ししか…」

飲めない…という行司の話をタケコはわざと無視し、新たに注文したアルコールを次々勧めていく。「あたしの酒が飲めないのか攻撃」をうまくかわせなかった行司は、あっという間に撃沈した。

少ししか飲めないと言いながら、結構飲める人間は多い。行司の前置きも慣用句のようなものだと考えていたが、彼は建前などではなく真実を口にしていた。二杯目のチューハイすら空に出来ず、焼肉店のテーブルに突っ伏してしまった行司を見て、タケコはフンと鼻息を吐く。

「ここまで弱いとからかうことも出来ないわね。酔っ払ったところをジョージの店にでも連れてって、厭がらせしてやろうと思ってたのに」

「お前なあ。行司に何の恨みがあるんだよ？」

「あたしの秀ちゃんを奪われた恨みに決まってるじゃないの！」

「だから、それは誤解だって…」

「いつまで誤解って言い張るつもりかしら？」

眇めた目で見つめて来るタケコに、伊吹は何も言い返せずに眉を顰めた。突っ伏したまま動かない隣の行司を一瞥し、溜め息を吐く。そんな伊吹の前にタケコはすっとカードキーを差し出した。

「…なんだ？」

「あたし、健気な女なのよ」

「は？」

何言ってんだと険相で返す伊吹を無視して立ち上がり、タケコは「ごちそうさま」と言い残して去って行く。伊吹は「おい！」と呼び止めたが、タケコは振り返らないし、追いかけようにも通路側に座っている行司が邪魔で身動きが取れない。

大きな背中が見えなくなったところで舌打ちし、タケコが残していったカードキーを見た。西口の方にあるホテルの名が記されており、部屋番号がマジックでメモしてある。恐らく、この部屋へ酔い潰れた行司を運べ…という意味なのだろうが…。

意味ありげな台詞や態度が気にかかり、すぐに行動に移せなかった。行司が起きればそれで問題は解決すると思い、何度か呼びかけてみたものの、反応はない。俯せている行司の後頭部をしばらく睨むように見ていたが、伊吹は大きな溜め息を吐いて店員を呼んだ。テーブルで会計を済ませ、酔い潰れた連れの為にタクシーを呼んでくれないかと頼む。

何かしらの罠ではないかという疑いはあったが、行司の酔いを覚ます為の場所が必要だった。タケコの部屋へ連れ帰るわけにもいかないし、酔い潰れた状態で独身寮へ運ぶのは行司の評判に関わる。他に選択肢のない状況で、伊吹は仕方なくタケコが置いていったカードキーを頼りに、新宿駅西口近くのホテルへ行司を連れて行った。

カードキーがあれば直接エレヴェーターで客室に入れるホテルで、スタッフに見られることもなく、酔った行司を抱えて上階へ上がった。十二階の部屋へ着くと、行司をダブルベッドに寝かせ、まず盗聴器やカメラの類がないか点検した。まさかとは思うが、タケコはやりかねない。

一通り見ても怪しげなものはなく、更にタケコの真意を測りかねるなと悩みながら、伊吹は椅子に座ってベッドの上の行司を眺める。行司が目を覚ます気配はないし、書き置きでも残して立ち去ろうかと思いかけた時だ。

「…ん……」

行司が微かに声を上げて寝返りを打つ。動きがあったのにどきりとして立ち上がり、伊吹はベッドの横まで近づいた。

「…行司」

行司…と何度か名前を続けて呼ぶと、閉じていた目がゆっくり開いていく。自分の置かれている状況が全く分かっていないらしい行司は、不思議そうに伊吹を見つめた。しばらく無言だったが、少しして「伊吹さん?」と掠れた声で確認して来る。

「…水、飲むか?」

「俺……」

「酔い潰れたんだ」

伊吹は短く伝え、部屋の冷蔵庫に近づいた。冷やされていたミネラルウォーターのボトルを手に戻り、起き上がる行司に手渡す。行司は礼を言って受け取りながら、「ここは？」と聞いた。

「…西口の……ホテルだ。お前、焼肉屋のテーブルに突っ伏して寝たまま、動かなくなったから…」

「そうだったんですか…。俺…本当に弱くて、すぐに寝ちゃうんです…。迷惑かけてすみません。タケコさんは？」

「どっかでまだ飲んでると思う」

タケコがホテルのカードキーを渡して来たのだという説明は省き、適当に答えて肩を竦める。伊吹はベッドの端に腰掛け、行司に水を飲むように勧めた。大した量は飲んでいないが、アルコールへの耐性は個人差が大きい。二日酔いにならない為にも飲んだ方がいいと言う伊吹に頷き、行司はペットボトルのキャップを捻った。

「もう少し休んだら様子を見て出ようか。寮まで送る」

「…いえ、大丈夫です。…伊吹さん…すみません。伊吹さんには本当に…迷惑かけてばっかりで…」

情けないです…と呟き、肩を落とす行司を見て伊吹は苦笑する。強引に飲ませたタケコの方が悪いのだし、行司が気にすることではない。そうフォローしても、行司は首を横に振って納得しなかった。

「今日だって…伊吹さんに美味しく食事して貰って、楽しんで貰わなきゃいけなかったのに…結局、こんな迷惑かけて…」

「別に大した迷惑はかかってない。タケに比べたら、お前なんか…」

軽いものだと言いかけて、伊吹は口籠もる。行司が痩せているのは以前抱き締めた時に気づいていたが、抱え上げた身体は予想以上に軽くて驚いた。タケコの体重に慣れているせいもあるのかもしれない。

行司の華奢《きゃしゃ》さを実感すると共に、余計な想像をしたのを後悔した。それから荷物を運んでいるつもりで、部屋まで連れて来た。ベッドに横たえただけで、触れようとしなかったのは、必要以上に意識したくなかったからだ。

伊吹は眉を顰めて溜め息を零し、ベッドから立ち上がる。触れられる距離にいちゃいけない。そう思って離れようとしたのに、行司が困惑した顔で声をかけてくる。

「伊吹さん?」

機嫌を窺うような目で見て来るのは、自分の険相を気にしているからだろう。そう分かるのに、表情が緩められなかった。軽く笑って何でもないとごまかせればいいのに。出来ない分だけ、行司を不安にさせてしまいそうな気がして、伊吹は仕方なく元の場所に腰を下ろす。

行司に背を向けて座り、はあと息を吐いた。この状況を打破するのは簡単だ。何もかもを放り出してこの部屋から逃げ出せばいい。そうすれば厄介なことにならず、理解出来ない感情ともおさらば出来る。

分かっているのに動けないのはどうしてだろう？　「伊吹さん」と呼びかけて来る行司の声の響きを、誤解したくなってしまうせいか。

「……」

ゆっくり振り返れば、行司が心許なげな顔でじっと見つめていた。前にも見た覚えのある表情は、伊吹の心を強く掴んで引き寄せる。いけないという思いよりも、どうにでもなれという思いの方が大きくなって、伊吹は行司を押し倒した。

「っ…」

行司ははっと息を呑み、驚いた顔で伊吹を見る。真っ直ぐに見つめて来る行司を、伊吹は顰めっ面で見下ろし、低い声で聞いた。

「…抵抗しないのか？」

「……。…お…どろいて…て…」

「嘘を吐いたわけじゃない」

驚愕していて動けないのだと言う行司に、伊吹は苦々しげな口調で告げる。タケコと同じ側の人間なのかと聞かれた時、すぐに否定した。そういう気はなかったし、宗旨替えすることもないと、あの時は言い切れた。

何が何処でどう違ってしまったのか。振り返ってみても、自分のことなのに全然分からない。いつの間にか…行司を見る目だけが、変わってしまっていた。

「…こんなことを言っても…お前を困らせるだけだとは思うが…。タケと一緒にいて、あんな環境で暮らしていても、本当に男に興味を持ったことは一度もなかったんだ。…でも…どうしてだか、お前のことは気になって…最初から気にしていたわけじゃない。いつから…気になり始めたのかは…分からないんだが…」

伊吹自身、何を言ってるんだろうと疑問に思いながら、行司に伝えていた。初めて意識したのはいつなのかと思い返してみれば、行司の赤くなった耳が脳裏に浮かんだ。見下ろしている行司の顔は緊張しているのが分かるが、耳は赤くなっていない。

けれど、触れればすぐに赤くなるに違いない。そんな想像をしてしまう自分は、駄目になっているのを思い知らされるような気がして、溜め息が漏れた。

「……厭なら…厭って、言ってくれ」

行司が思い切り抵抗して、そんな風に見ていたのかと軽蔑して、蔑んでくれれば身を引ける。どうせなら、とことん傷つくような台詞も言って欲しかった。そうすれば…バカな自分を深く反省することが出来る。

だから、縋るような思いで求めるのに、行司は困ったように瞳を揺らすだけで、何も言わない。益々誤解してしまいそうで伊吹は頭を抱えたくなったが、実際に行動に移せば厭がってくれるのではないかという考えが生まれた。

行司の厭がる顔を見れば、自分の迷いも消えるはずだ。そう信じて、伊吹はゆっくりと行司の顔に近づいていき、そっと唇を重ねた。伊吹は行司の上に覆い被さっていたが、拘束していたわけじゃないし、逃げる余地は十分にあった。

なのに。行司は逃げなくて、ぎゅっと目を瞑《つぶ》って子供みたいに身体を竦ませて口付けを受け止める。

「………」

触れるだけのキスをして顔を上げると、行司はまだ固く目を閉じたままだった。伊吹は顰められている行司の顔を至近距離で見つめながら、溜め息を吐く。行司が恋愛経験に乏しいのは聞かなくても分かっていた。手を握るだけでも身体を緊張させていたのは、相手が男だから嫌悪感を抱いているせいには思えなかった。

今だって…自分のキスを受け止めたのは、経験がないせいでどうしたらいいのか分からないだけなのかもしれない。伊吹は「ごめん」と詫び、行司の横にごろりと寝転ぶ。何をしてるんだという自己嫌悪的な思いと、確かに存在する欲望がごっちゃになって、消えてしまいたいような気分になる。

行司に背を向けるような形で俯せになり、バカな真似をしてしまったという後悔に苛《さいな》まれていた伊吹は、恐る恐る「伊吹さん?」と窺って来る行司の声に眉を顰めた。行司はどういうつもりなのかが読めない。経験がないのを分かっているだけに、抵抗しないからOKなのだと単純に思えなかった。

行司はどうしたらいいのか分からないだけなのだろう。そう思って、背を向けたまま帰るように勧めた。

「…動けそうなら、帰れ」

「……」

「マジで、このまんまだとまずいことになる気がする…」

完全にタケコの術中に嵌《は》まっている。タケコに繰り返し行司との仲を疑われても、あり得ないと否定して来た。ホテルのカードキーを渡された時だって、どきりとしながらもそんなつもりは全くなかった。

なのに、自ら既成事実を残すような真似をしてしまうなんて。深く後悔して、はっきり帰れと告げたのだが、行司が動く気配はない。伊吹は再度溜め息を吐き、行司を振り返った。すると、仰向けになったまま、行司は自分の唇を指先で押さえていた。

何をしているのかと不思議に思う伊吹の視線に気づき、行司は唇から手を退けて、恥ずかしそうに打ち明けた。

「……すみません…。俺…キスしたの、初めてで…」

「………」

やっぱりそうかと思うのと同時に、伊吹は猛烈に申し訳なくなった。ファーストキスの相手が男である自分なんて。血迷った自分を恥じ、真剣な表情で「悪かった」と謝る。だが、行司は不思議そうな顔で伊吹を見返した。

「どうして謝るんですか？」

「どうしてって……」

どうしてと聞くということは…行司は厭だと思っていないのだろうか。信じがたい気がしながらも、身体が勝手に動いて、行司を引き寄せていた。横から頭を抱えるようにして抱き締め、柔らかな髪に口元を埋める。

行司の身体はかちこちに緊張しているけれど、抵抗しているのとは違う。そう信じられて、伊吹は掠れた声で聞いた。

「…厭じゃ…ないのか？」

「……」

返事はなかったが、腕の中の頭が小さく動く。イエスという意味を示す為に、縦に動かされたその仕草は、伊吹に様々な思いを抱かせた。

よかったのか、よくないのか。喜ぶべきか、戸惑うべきか。頭の中がごっちゃになって、どれが自分の本当の気持ちなのか分からない。そんな中、行司の手が震えているのに気づいて、はっとした。

ぶるぶると小刻みに震える手を取り、唇を近づける。行司の不安を飲み込むつもりで指先に口付けた。冷たくなっている細い指に温かな唇を寄せていると、少しずつ震えが収まっていく。

「…俺も……伊吹さんに嘘を吐いていたわけじゃないんです」

小さく掠れた声は指先と同じように震えていた。行司は辿々しく…けれど、真摯に、自分の気持ちの変化を説明する。

「…タケコさんに近づいたことで覗き見た世界は、自分には到底理解出来ないなと思っていたんです…。男に対して絶対にそんな気持ち抱けないって…だから…伊吹さんはよく平気だなと感心してて…。……でも…伊吹さんといると…次第に妙な緊張感を覚えるようになって……どきどきするというか…。それも厭などきどきじゃなくて……なんていうか……うまく言えないんですけど…。…山根の一件が片付いてしまったら…伊吹さんに会えなくなるって…そう思うと……このまま捜査が続けばいいのにって…あり得ないことまで思い始めちゃって……」

ばらばらと告げられる思いはどれも素直な音で伊吹の心を響かせた。寂しそうな行司の表情は胸の奥にまだ残っている。あんな顔をさせちゃいけないからというのは自分勝手な言い訳だろうか。

未だ心中の迷いは消えていない。消えていないけれど…手の中にある行司を手放すつもりもなくて、伊吹は行司の指先から彼の瞳へと視線を移す。躊躇いがちに揺れる瞳の中に、小さな欲望を見つけて…見つけたつもりになって、二度目のキスをした。

「………」

唇を重ねただけで行司は息を呑んで身体を強張らせたが、抵抗はしなかった。最初は皮膚が触れ合うだけだった口付けを、啄《ついば》むようなものに変えていく。優しい口付けを重ねていきながら、行司の身体を仰向けに横たえ、その上へ覆い被さった。

「…っ……」

行司のことを第一に気遣っていたのに、なかなか緊張を解けないようだった。伊吹がキスするのを止めると、行司ははあと大きく息を吐き出し、ほっとしたような表情を浮かべる。

「…厭か？」

もしかして、自分に合わせているだけで本心では抵抗感があるのだろうか。心配に思って尋ねる伊吹に、行司は大きく首を横に振る。

「そ…そんなことは、ありません…っ…」

否定しながらも、行司自身、がちがちに硬くなっている自覚はあるようだった。眉を顰めた悔しげにも見える顔つきで、どうしたらいいのか分からないのだと告げる。

「先ほども…お話ししました通り…その、こういうことは初めてで…。知識は一応、ありますが…実際にどうするべきなのかが…」

判断がつかないと言う行司の表情は難しげで、言葉遣いも堅いものになっている。その様子は厭がっているようには見えず、本人の言う通り、何もかも分からない状態なのだろうと推測出来た。

伊吹は少しだけ安堵して、恥ずかしげに自分の視線を避けている行司の瞼《まぶた》に口付ける。伏せられている薄い皮膚に触れるか触れないか、ぎりぎりのキスをしてから、眉間に唇を寄せた。行司の肌は冷たくて、アルコールを含んだ身体には心地よく感じられた。

「…もう…酔ってないのか？」

「大丈夫です。すぐに寝てしまうんですけど、長引くわけではないので…」

「なら…俺の方が酔ってるかもしれないな」

行司を安心させるように、何気ない話をしながら、顔中に唇を移動させていく。額から頬へ。頬から鼻筋へ。唇だけを避けて、顔中に口付ける伊吹に、行司は戸惑いを覚えているようだったが、次第に身体の強張りが抜けていった。

伊吹は頃合いを見計らい、再び唇を重ねる。くすぐったさを覚えるようなキスを顔中にされた後だったせいか、行司は先ほどのような硬い反応は見せなかった。

「……」

口付けを冷静に受け止めようと努力している様子が窺える。伊吹は内心で苦笑しつつ、丁寧にキスを続けた。柔らかな唇を優しく食《は》み、愛おしく思っているという気持ちを真摯に伝える。

慣れて来た行司が唇を緩く開くのを見て、伊吹はその隙間に舌を這《は》わせた。濡れた感触に驚いたのか、行司ははっと目を見開き、唇をぎゅっと結んでしまう。驚いた顔で見て来る行司に、伊吹は間近で笑って「これは厭か？」と確かめる。

行司が厭がる真似はするつもりはなかった。唇を重ねるだけのキスでも十分な収穫だ。厭だと言うならばすぐにやめる用意はあったが、行司はぎこちなく首を振る。

「…お…どろいて…」

「…俺がしたいって言えば…させてくれるか？」

その答えに手応えを感じて、調子に乗った問いかけかもしれないと思いつつ、口にする。行司は一瞬瞳を揺らしたものの、頬を赤くして小さく頷いた。同意を得ているというのに、一方的に悪いことをしているような気分になるのは、余りにも純真な反応が本当に初めてだと物語っているからだ。

軽い気分で深入りするのはまずいという気持ちはあった。でも、それ以上に行司に対する欲望が大きくなっていく速度が速くて、止められなくなっていく。

「…口、緩くでいいから開けて」

低い声で囁くと、行司は視線を伏せたまま微かに眉を顰めたものの、命じられたままに口元を緩める。伊吹は自分までどきどきしてくるような錯覚を覚えながら、行司の唇を奪った。

「…っ……」

先ほどよりも少し乱暴にしたせいか、行司が身体を硬くする。安心させるように両腕で包み込んだ頭を撫で、唇の隙間に舌先を忍ばせる。行司は反射的に口を閉じようとしたが、意識して再び開かれた口内で、ゆっくりと舌を動かした。

行司が感じることを一番に考え、口付けを深めていく。躊躇いでいっぱいだった行司が徐々に慣れていくのが伊吹にも伝わる。だからこそ、決して急がずに一つずつ確かめるようにして口付けた。

「……ん……」

　行司の鼻先から零れた甘い声を耳にした伊吹ははっとして、思わず舌の動きを止める。行司自身、それまでとは違う響きの声を漏らしてしまった自覚はあって、顔を真っ赤にして唇を閉じた。

「…す…みません…」

「…なんで謝るんだ?」

「だって…」

「感じてくれない方が困る」

　苦笑して言い、伊吹は閉じている行司の唇を優しく吸い上げる。促されて開く唇の隙間から再び舌を入れて、次第に動きを大胆なものにしていった。最初は我慢大会みたいに固まっていた行司の舌も、少しずつ反応を見せ始め、甘えた声も多く聞かれるようになっていく。

　同時に、覆い被さっている行司の身体が焦れったげに動く気配を感じた。自分の重みを苦しく感じているのでないのは分かっていて、伊吹は唇を重ねたまま、行司の下半身へ手を伸ばす。

「っ…!」

　中心に触れた途端、行司は大きく息を呑んで口を閉じた。慌てて伊吹の手をいなそうと、彼の腕を掴む。

「い…ぶきさん…っ」

昂揚している顔を見下ろし、伊吹は笑みを浮かべて耳元に唇を寄せた。恥ずかしがらなくていい。低い声で囁くと、行司がぶるりと身体を震わせる。

「っ……」

自分自身に触れられた時よりも大きく反応する行司に少し驚いて顔を上げた伊吹は、彼の耳が赤く染まっているのを見つけた。それを見て、初めて行司を意識した時を思い出す。何気なく、耳元で話しかけただけだったのに、真っ赤になっているのを見て、悪いことをしてしまったような気分になった。あの時とは状況が違う今は、意識的に悪いことをしたくなって、伊吹は赤い耳に口付ける。

「…耳、弱いんだな」

「っ…や…っ…！　…だ…めです、伊吹さん…」

行司が厭がる真似はしないでおこうと思っていたのに、その反応が可愛過ぎて、ついからかいたくなってしまう。耳を隠そうとする手を追いやり、耳殻《じかく》に舌を這わせる。行司は身体を丸めるようにして竦ませ、ぎゅっと目を瞑った。

「やっ…」

赤くなった耳は舌で触れていても熱いと感じるほどだ。そこだけ体温が高くなっているのが分かる。耳朶《じだ》を唇に含んでそっと吸い上げ、耳の穴へ舌先を入れる。僅かな接触でも行司はひどく感じるようで、びくびくと身体を震わせながら、必死で耐えている様子だった。

「っ…も…う……本当に……」

やめて下さい…と訴える声が切なげに響くのを聞いて、伊吹はようやくはっとした。思わず、夢中になってしまったのを詫びるけれど、耳元で告げられるのが行司には辛いようで、眉を顰めて声を上げる。

「ごめん」

「っ…やっ」

甘く高い声は行司の身体がどういう状態になっているのかを、如実《にょじつ》に教えていた。伊吹はそれとなく行司の下肢に手を伸ばし、中心に触れる。先ほどは硬くなりかけているのが分かる程度だったものが、下衣の中で完全に形を変えているのが分かった。

行司には深い口付けよりも耳を嬲《なぶ》られることの方がいいらしい。密やかな発見は喜びを生んで、伊吹は笑みを浮かべながら、硬くなった形を確かめるように手で掴んだ。

「あ…っ…や…め…っ」

「…苦しくないか?」

「だ…大丈夫です…。ごめんなさい……」

はしたない反応だと恥じているのか、行司は申し訳なさそうに謝って、伊吹の手を退かせようとする。だが、伊吹は行司の行動を制してベルトを緩め、下衣の中で窮屈そうにしているものに直接触れた。

「っ…伊吹さ…っ…」

行司は驚いて声を上げたが、ぎゅっと握り込まれた刺激で先が続けられなくなる。儚《はかな》げに息を吐き出し、駄目だという意思を示す為に首を横に振る。そんな行司の反応は、真剣に厭がっているというより、戸惑いが強いせいなのだろうと考え、伊吹は強引に行為を続けた。

「…んっ……伊吹さん…」

駄目です…と制止する声は掠れていて、色香の感じられるものだ。伊吹は真っ赤になったままの行司の耳に唇を寄せ、誘惑を囁く。

「余計なことは考えなくていいから…。力を抜け」

「っ…」

やはり行司は耳が弱く、身体を震わせて息を呑む。駄目だと言いながらも伊吹に従わなくてはいけないという気持ちはある様子で、追いやろうとして腕を掴んでいた手を緩めた。そんな行司の反応を伊吹は低い声で「いい子だ」と褒《ほ》める。

「…あ…」

耳元で伊吹の声が響いただけで感じたらしく、行司は切なげな声を漏らす。短くも甘い音に安堵を得て、伊吹は直接握っている行司自身を愛撫する動きを強めていく。下衣の中で手を動かすのは限界があり、もどかしくなって行司の下衣を脱がせた。

解放された行司自身はすっかり形を変えているのが分かった。恥ずかしがって隠そうとする行司を窘めながら、伊吹は愛撫を深めていく。

「お前は…感じてるだけでいいから」

恥ずかしいとか申し訳ないとか、余計な考えは要らない。伊吹の声に身体を竦ませながら行司はぎこちなく頷き、熱い吐息を吐き出す。大胆になっていく伊吹の愛撫は、初めて他人の手で触れられる行司自身を急速に追い詰めていった。

「ふ…っ…あ…っ…伊吹さん…」

自分を扱いている伊吹の手が濡れているのを察して、行司は眉を顰める。伊吹は先走りを漏らす行司の先端を指先で開き、更に液を溢れ出させる。それを全体にのばして掌の動きをスムースにし、根元から握り込んだものをリズミカルに扱いていく。

必死で声を耐えている行司の息づかいだけでも、伊吹は十分楽しめた。耳だけでなく、頬も赤く染まった行司の顔は艶っぽいもので、普段の姿からは遠い。

行司がこんな顔をするのを、本人はもちろん、他の誰も知らないのだと思うと愛おしさが膨れ上がる。

「…っ…ん…っ…あ…」

掌で包み込んでいる行司自身が限界に近づいているのはその感触で伊吹も分かっていた。行司は切なげな声で「駄目です」と訴え、伊吹の腕に力なく手を添える。制止しようという意思は残っていない、触れているだけの行司の手はとても熱く、どれだけ昂揚しているのかを伝える。

耳元に寄せた唇でも、行司の体温を感じることが出来た。伊吹は吹きかけるように息を吐き出し、低い声で行司を促す。

「いいぞ」

「っ…」

囁きにびくりと身体を反応させた行司は同時に伊吹の手の中で欲望を破裂させた。ぎゅっと全身を竦ませる行司の背を撫でながら、伊吹は握り込んでいるものを優しく覆う。温かな液体を掌で受け止めると、きつく目を瞑っている行司の額に口付けた。

「…っ…は…あ…」

それから荒い吐息を零す口にもキスをする。深い場所まで舌で探る口付けに、行司はまだ戸惑いを見せていたが、最初よりはずっと応えようとする態度が見られた。慣れたというよりも、達した衝撃で昂揚した身体が自然と望んでいるのだと分かる。

一頻《ひとしき》り口付けた後、唇を離すと、行司は閉じていた瞼をゆっくり開けた。だが、視線を合わせるのは恥ずかしいようで、伏し目がちに「ごめんなさい」と詫びる。何処までも初な姿に迷いは抱いたが、強い欲望に逆らえなくて、伊吹は優しく握り込んでいた行司自身から手を離し、その奥へと指先を這わせた。

行司が吐き出した欲望のぬめりを借り、入り口を指先で撫でる。新たな刺激を覚えた身体が震え、行司は微かな不安を浮かべた目で伊吹を見た。

「……な……に……?」

「…したい」

「……」

行司への欲望を抱えた伊吹自身も限界に近かった。直接的な言葉で望みを伝える伊吹を行司はじっと見つめる。もしも…行司が厭だと言えば、諦めるつもりはあった。行為を急いて駄目にしたくはない。けれど…。

少しでも許してくれる気があるのなら……。そんな願いを込めて見つめる伊吹に、行司はぎこちなく頭を動かして頷く。指先が触れている部分がぎゅっと窄《すぼ》まるのを感じ、伊吹は苦笑しながら、感謝を込めて行司の額に口付けた。

「…苦しかったら…言えよ」

低い声で告げてから、濡れた指で孔を弄り、少しずつ中へ埋めていく。ゆっくり呼吸するように行司に求めながら、顔中にキスをした。行司の緊張を取り去るように愛おしげな口付けを繰り返し、内側へ入り込ませた指を動かす。

「っ…あ……」

触れられたことのない部分を弄られる刺激に緊張し、唇をきつく結んでいた行司が甘い声を漏らすのを聞き、伊吹はその箇所を強く刺激した。感じる場所らしく、行司は高い声を上げて伊吹を制する。

「んっ…あ…っ……いや…っ…」

駄目です…と言う行司の唇を奪い、激しく口付ける。行司が声を上げた場所を中心に攻めながら、中にある指を動かし、狭い箇所を解していく。次第に緩んで来る内壁は熱く、伊吹の指に淫《みだ》らに纏わり付く。

指先の感触だけでも堪らなく感じられて、伊吹は舌をきつく絡ませる。激しいキスに朦《もう》朧《ろう》となっていた行司は後ろに含まされていた指が抜かれたのも気づかないようだった。

「…ふ……っ……ん…」

キスしたまま行司の脚を抱え、濡らした孔に自分の先端を宛がう。熱く、硬い感触にどきりとした行司が息を呑むのに気づき、伊吹は口付けを解いて濡れたように光る瞳を覗き込んだ。

「……息を…吐け」

「…っ……」

掠れた声で命じる伊吹に頷きながらも、行司の顔には不安が滲んでいた。それを可哀想に思いつつも、やめられない自分を反省しながら、奥へと入り込んでいく。初めて男を迎える行司の内部は狭く、繋がり切るまでに時間を要した。

根元まで挿《い》れてしまうと、浅い呼吸を繰り返している行司と唇を重ねる。甘えるような口付けをしてから、蒸気した顔で自分を見つめている行司に笑いかけた。苦しいか？と聞く伊吹に、行司はぎこちなく首を振る。

「……い、…ぶきさん…」

「ん？」

「……」

名前を呼ぶだけで精一杯というように、行司はそれ以上、何も言わなかった。ゆっくり目を閉じていく行司の瞼に唇を寄せ、彼の中にある自分が馴染んだのを見計らって、様子を窺うように腰を動かす。

「っ……ん…っ……ふ…」

行司が辛くないよう、気を遣っていられたのもしばらくの間だった。行司の口から漏れる声が甘い音色であるのを耳にすると、伊吹は堪らない気分になって自分の快楽を追い求め始める。激しく奥を突かれることに、行司は微かに眉を顰めていたものの、制止の声を上げることはなかった。

「あ……ふっ……んっ…」

「……っ…」

背中へ回させた行司の手が、強くしがみついて来るのが分かって、更に欲望が駆り立てられる。絡みついて来る内壁にも惑わされ、久しぶりに何もかもを忘れて行為に夢中になった。行司が許してくれるのだから、こんなはずじゃなかったなんて思いを抱く必要はない。相手が行司だから、あり得ないと考えていた関係だって結べたのだ。

そう思うだけで、行司への想いが深くなるように感じられる。緩く開いた唇を塞ぎ、情熱的な口付けを交わしながら、伊吹は膨れ上がった欲望を行司の中へと吐き出した。

名残を惜しむような長いキスを終えて行司の上から退いた伊吹は、その隣に寝転がって大きな息を吐いた。まんまとタケコの謀略に嵌まってしまった気がする。悔しいような気持ちはあるが、後悔は全くない。それだけ、行司を想っていたのかと気づかされ、背を向けて横たわっている行司に寄り添った。

「…っ…」

そっと触れただけで行司はびくりと身体を震わせる。その反応に驚いて、伊吹は上半身を起こして行司の顔を覗き込んだ。

「……」

実は我慢していたとか…本当は厭だったのに流されてしまって後悔しているとか。そんな心配が生まれて、俄に不安を覚えた伊吹だったが、赤い顔を見て杞憂だったと分かって息を吐く。恥ずかしがっているに違いなく、伊吹は苦笑して背中から行司を抱き締めた。

「…っ…」

「…厭か？」

再び身体を震わせる行司に低い声で聞くと、ぶんぶんと首を振って否定する。やっぱりなと思って、項に唇をつけると、更に身体が強張った。もっと大胆に触れたかったが、行司の許容量を超えてしまうのが怖くて、今日はこれくらいにしておこうと反省する。

行司の経験のなさにつけ込んで、なし崩し的に及んでしまった感も否めない。改めて確認しておこうと思い、伊吹は低い声で行司の気持ちを聞いた。

「…本当に…よかったのか？」

「……。…厭なら…厭と言います」

「…そうだな」

「…伊吹さんは……後悔してるんですか？」

小さな声で行司が聞いて来た内容は考えてもいなかったことで、伊吹は怪訝に思って眉を顰めた。「後悔？」と繰り返す伊吹に、行司はぼそぼそとした話し方で続ける。

「…伊吹さんは……ゲイとかじゃないのに……俺と……」

「…それを心配してるのは俺の方だぞ？」

立場が逆だと言いながらも、伊吹は自然と笑みを浮かべていた。お互いが同じことを心配してたなんて。行司を抱き締める腕の力を強くし、耳元で正直な気持ちを伝える。

「俺は…お前が許してくれたのを…嬉しいと思ってる。こんな風に誰かを想ったりするのは久しぶりで……どきどきしてる」

「伊吹さん…」

「いいおっさんなのにな」

茶化すような台詞を吐くと、行司が腕の中でごそりと動き、振り返った。至近距離からじっと見つめて来る顔は、無意識なのだろうが、とてつもなく魅惑的な表情で伊吹は途方に暮れた気分になる。本当に、もういいおっさんなのに。仕方のない欲望を抱きかけている身体を諫《いさ》めながら、眉を顰めて行司に忠告した。

「そんな顔するな」

「…え…?」

「お前は元々、可愛いんだから、そんな顔で見られるとまずい」

「え……俺…変な顔してますか?」

いつも通りのつもりなのに…と行司は困り顔で首を傾げる。そんな仕草も可愛く見えてしまうのは、自分の行司を見る目が決定的に変わってしまったせいだろうか。伊吹は自分自身を訝しく思いながらも、厭な予感が浮かんで、真面目な口調で行司に注意した。

「人前では絶対、そういう顔で俺を見るな。特にタケの前では厳禁だ。それと、…このことはタケとか、タケの周辺の誰にも言うな。隠したいとかじゃなくて、俺とお前の平穏を守るためなんだ。分かるな?」

「…分かります。何となく」

伊吹の言いたいことは理解出来ると、行司は神妙な顔つきで頷いた。ずっと隠し通せるとは思っていないが、行司とうまくいったのはあたしのお陰と口うるさく宣伝されたくはない。ここでは酔い潰れた行司を介抱しただけで何もなかったことにしておいた方が無難だ。

そんな話をした後、伊吹は行司に口付けようとした。微かに身体を緊張させる行司と唇を重ねようとした、その瞬間だ。ベッドの下へ落とした衣類から携帯の着信音が響いて来た。

誰からの電話かは直感で分かった。無視して妙な騒ぎにされるのも困る。伊吹は舌打ちをして行司から離れ、床へ手を伸ばして携帯を探った。渋面で取り出した携帯には案の定タケコの名前が通知されており、眉間の皺を深くしてボタンを押す。

「…はい」

『秀ちゃ～ん？　どう？』

「……。何が？」

『何がって、いやねえ。決まってるじゃない。行司くんの具合よ。具合ってあれよ？　体調のことよ？　あっちの具合じゃ……』

「……」

タケコの妄想にはつき合ってられないと思うものの、微妙に当たっているだけに何も言えない。返す言葉のない伊吹は無言で通話を切り、電源も落とした。タケコの周囲にはルクレツィアを始めとした、耳年増なオカマたちが勢揃いしているに違いなく、こういう対応が火に油を注ぐようなものだと分かってはいたが、裸の行司が目の前にいるだけに、うまい言い訳も思いつかなかった。

「タケコさんですか？」

携帯を放り投げた伊吹に、行司は心配げな表情で尋ねる。何か用があったんじゃ…と気遣う行司の純真さに救われる気分がしたが、同時に厭な予感もして、伊吹は顔を引きつらせた。今は隠していられても、バレるのは時間の問題だろう。そうなれば…。

「……。変なことを教え込まれるなよ」

「変なことって?」

聞き返して来る行司の表情は真面目なもので、とても説明は出来なかった。伊吹は内心で溜め息を吐きながら、もう一度行司を引き寄せて、改めてキスをする。悪いエセ魔女たちに騙されないようにとおまじないのつもりで口付け、変わらないでいて欲しいと願いを込めた。


深夜、行司と共にホテルを出た伊吹は彼を帰らせて、一人でタケコがいるルクレツィアの店へ向かった。行司を同伴すればどんな騒ぎになるのか目に見えている。一人で現れた伊吹にタケコは不満そうだったが、行司をホテルへ連れて行ったのは認めたので、その事実だけで十分に盛り上がっていた。

伊吹は決して行司との関係は認めず、いつも通りの顔で周囲に接していた。だから、実は何もなかったのかもしれないと皆が思い始め、明け方になる頃には行司との関係を疑うような話題は聞かれなくなった。タケコも面白くなさそうな顔で自宅へ戻り、ふて寝してしまった。

これでうまくごまかせた。伊吹はそうほっとしていたのに、相手のガードが緩い場合、どんな防御も効きはしない。そう実感したのは、行司と思いを交わしてから数日後のことだ。

「…あら、行司くん？　元気～？　これから？　あたしたち、収録なのよ～」

「っ…！」

シャワーを止めた途端、外から聞こえて来たタケコの声にはっとし、伊吹は慌ててドアを開ける。タケコに携帯を触られたくなくて浴室まで持ち込んでいたのだが、さすがに洗い場までは持って入れない。着替えと一緒に置いていた伊吹の携帯を手にしたタケコは、捕まらないようにと急いで廊下へ逃げて行く。

「タケ！　人の携帯を勝手に…」

「そうよ～テレビ東都。…あら、そうなの。じゃ、待ってる～」

人の電話に出るなと怒る伊吹を無視し、タケコはさっさと話を終えて通話を切った。相手が行司であるのは分かっていて、携帯を返しに来たタケコを、伊吹は顰めっ面で睨みつける。

「何だって？」

「あたしに頼みがあるんだって。収録だって言ったら、テレビ東都まで来るって。よかったじゃない、秀ちゃん。行司くんに会えるのよ～」

いいわねえ…としたり顔で言い、タケコはいやらしい笑い声を上げながら浴室を離れて行く。返された携帯で行司に電話をかけようかどうか迷ったが、テレビ局に来るのならば会えるだろうからと思ってやめた。行司とはあれから毎日、電話では話しているが、会うのは初めてだ。

ざっと身体を拭いて着替え、寝室に戻って寝そべっていたタケコにも早く用意をするように急かした。いつもは文句ばかりでなかなか動かないタケコだが、妙に素直に浴室へ向かうのは、テレビ局で自分と行司をからかおうという腹づもりがあるからだろう。

行司の頼みというのがなんなのかは分からないが、タケコの前では出来るだけ普通にしていなくてはならない。素っ気なくてもいいくらいだ。行司を見ても反応しないように、意識して心を静めながら、伊吹はタケコを連れてテレビ東都へ向かった。

楽屋へ入ると間もなく、番組の担当ADが打ち合わせに来たり、ヘアメイク室で支度を済ませたりと、出入りが多かった。ようやく楽屋に落ち着き、収録開始は三十分後です…という連絡が来てしばらくのことだ。差し入れのカツサンドを食べるタケコに飲み物を用意していると、ドアがノックされる。

「……」

行司だという予感があって、伊吹は足早にドアに近づいた。背後からタケコの鋭い視線を感じつつ、ドアを開ければ、案の定行司が立っている。

「……。…こ…んにちは」

「……」

行司自身、出来るだけ普通にしようと思っているのだろうが、明らかに自分を見る目がおかしいのが分かって、伊吹は複雑な気分になった。本当は行司と同じくどきどきしたいのだが、場所も状況も悪い。

小さく息を吐き、楽屋へ入れる前に小声で注意しようとした時だ。タケコの「どうぞ〜」と招く声が響き渡る。

「……」

振り返れば、童話に出て来る悪い魔女みたいな顔をしたタケコが、肉付きのよい手で手招きしていた。行司にもその姿が見え、「こんにちは」と挨拶する。伊吹は何も言えないまま行司を中へ入れるしかなくなり、タケコの傍へ歩み寄る姿を見つめた。

「タケコさん、先日はすみませんでした。俺、本当にアルコールには弱くて…」

「いいえ〜。よかったじゃないの。酒に強いよりも弱い方が男は落としやすいわよ〜」

「……」

ホーホホホと笑う声には確実に悪意がある。困り顔で振り返る行司に、伊吹は渋面で「相手にするな」という意味を込めて首を横に振ってみせた。行司と一緒のところをタケコに見られたくなくて、席を外そうかと考えたものの、それはそれでよくない事態を招くと判断し、溜め息交じりにタケコの横へ戻る。

とにかく、行司に用件を話させてこの場からさっさと帰らせよう。それが一番無難だと考え、伊吹は「それで」と切り出した。

「タケに頼みって何だ？」

「あ、はい。山根の件でもう一度、タケコさんのお力を借りたいんです。山根が関わった全ての詐欺案件を解明しようと取り調べを続けているのですが、山根には松坂大吾以外にも資金をプールさせていた人物がいるようなのです。それが松坂と同じように…その…」

「売り専の男？」

「…のようなんです。なので…タケコさんの情報網を活用させて頂けないかと思いまして…」

業界に広く顔が利くタケコならば捜せるのではないかと言う行司に、タケコはカッサンドを頬張りながら、頼む相手が違ってるんじゃないかと指摘する。伊吹の方をちらりと見て、意地悪な口調で返した。

「そんなの、あたしじゃなくて、あんたのダーリンに頼めばいいじゃない」

「……。…タケコさんに頼むのが筋かと思いまして…」

ダーリンと聞いた行司は一瞬、伊吹の方を見てから、再びタケコを見て神妙に告げる。

ダーリンなんていう単語を耳にしただけでどきりとしていた伊吹は、行司の対応に驚いた。

そして、タケコは自分で種をまいた癖に、そんな行司の反応を大仰に悔しがってみせる。

「厭だ、この子、ダーリンって否定しなかったわよ！　どういうことなのっ⁉　秀ちゃん！」

「…どっちなんだよ、お前…」

認めているのか、認めていないのか、理解出来ないと伊吹は溜め息を吐く。同時に、心の中ではタケコだけでなく、行司にも頭を抱えていた。素直過ぎる反応は二人きりの時にはとても好ましいものだけど、第三者がいる場では問題を生むばかりだ。

それがタケコのように嫉妬深いオカマ相手だったら尚更だ。やっぱり許せないわ～と鼻息荒く騒ぐタケコを見て、行司はようやく自分の失敗に気づいて否定した。

「い…いえ…、タケコさん、違うんです。その…そういう意味じゃなくて…」

「じゃ、どういう意味よ？」

「それは……」

「答えられないじゃないのよう！　秀ちゃんのしあわせの為にと思ってたけど、やっぱり秀ちゃんはあたしだけを見てくれてないと厭～！」

「俺がいつ、お前だけを見てたよ？」

「で、でも…タケコさんには…いるんじゃないんですか？」

嫉妬に狂うタケコと呆れる伊吹の前で、動揺した行司は突発的に確認する。何がいるのか、行司は具体的に言わなかったので、眉を顰めたタケコが尋ねた。

「何がいるのよ？」

「つき合ってる…方が」

窺うような表情で行司が言うのを聞き、タケコと伊吹は同時に「はあ？」と素っ頓狂な声を上げた。タケコにも過去には恋人がいたというが、伊吹は知り合ってから一度もそういう存在を見たことがない。タケコは伊吹の反応が強すぎて失礼だと文句を言いつつも、鼻息荒く否定した。

「何言ってんの？　厭み？」

「いえ、とんでもないです。…じゃ…あの…品川のホテルで一緒にいた方は…」

怪訝そうに首を傾げて行司が言うのを聞き、伊吹とタケコは揃ってはっとした表情になった。品川のホテルと言えば、タケコが山根と会っていたのではないかという疑惑が生まれた現場である。実際に山根と会っていたのは光代で、タケコへの疑惑は晴れたのだが、タケコが怪しげな動きをしていたのも事実だった。

あの時、タケコは誰と会っていたのかを決して言おうとしなかった。光代が出て来て疑いが消えた後は、追求するのも大人げないと考え、聞かなかったのだが…。今になってその話題を持ち出した行司に伊吹が「どういう意味だ？」と尋ねると、彼はタケコの表情を見ながら、防犯カメラの映像で確認をしたのだと打ち明けた。

「山根と会っていたのは光代さんだと分かった後、一応、その前の映像も確認したんです。そしたら、タケコさんが…男性と映っていまして…。タケコさんの…内緒の恋人なのかなと思ってたんですが…」

タケコに恋人が！　伊吹は驚いてタケコを見たが、タケコの方はうんざり顔で大きな溜め息を吐いた。恥ずかしがって隠している…という雰囲気ではない。違うわよと否定する声も疲れの滲んだものだ。

「でも…あの時、お前、誰と会ってたのか絶対言おうとしなかっただろう？　…まさか…

不倫とか…」

「だと思う?」

「……」

真剣な顔で聞き返された伊吹は、一瞬考えたものの、ないなと答えが出せて首を横に振った。タケコは八つ当たりのように箱に残っていたカツサンドを口に押し込んで、密会していた男性の正体を告白する。

「はれは…ひゃひょうよ」

「ひゃひょう?」

「…社長。…ヒライ芸能の社長」

「ヒライ芸能って…あの大手芸能プロダクションのか?」

頬に含んでいたカツサンドを飲み込み、指先を舐めて「そうよ」とタケコは認める。業界に詳しくない行司が、「芸能プロダクション?」と不思議そうに繰り返すのを聞き、伊吹は真面目な顔で説明した。

「芸能人のマネジメントをしている会社だ。会社ごとに扱っているタレントの内容に特色があるんだが、ヒライ芸能は芸人から俳優まで、幅広く扱っている総合的な大手プロなんだ」

「その社長と会ってたってことは…タケコさんは…」

タケコはテレビ局に勤める光代の伝でテレビ出演を続けて来たこともあり、芸能プロの類いには所属していない。だが、この先もテレビ関係の仕事を続けるとしたら、今のやり方には限界が来るだろうと伊吹も感じていた。

芸能活動を続けるには芸能プロに所属するのが手っ取り早い解決法であるが、タケコは厭がっていた。制約も多くなるし、したくない仕事だってしなければならなくなる。自由がなくなって仕事におもしろみがなくなるくらいなら、個人の出来る範囲だけでやっていきたい。どうせあたしは色物で、すぐに飽きられる存在なんだから。そんなタケコの言葉を、伊吹も光代も納得して、敢えて勧めることはしないで来たのだが…。

説明を求める伊吹と行司の顔を見比べるように、タケコはつけまつげをつけた目をぎょろりと動かす。それから、面白くもなさそうな顔で「そうよ」と認めた。

「ヒライ芸能にお世話になろうと思って、社長と条件面での話をしてたのよ」

「お世話って…そんな話、俺は聞いてないぞ？　光代さんだって…」

「内緒にしてたもの。でも、来週には話そうと思ってたの。契約するから」

「タケ…」

タケコが密かに会っていた相手の正体が判明し、すっきりしたものの、伊吹には複雑な思いが生まれた。タケコが誰と会っていたのか言おうとしなかった理由は一つだ。芸能プロに所属すれば専門のマネージャーがつくことになり、自分は不要になる。タケコは自分に打ち明け辛くて沈黙していたのだろう。

元々、伊吹は自ら望んでタケコのマネージャーを務めて来たわけではない。居候で暇にしてるんだから…と、光代にタケコの世話を押しつけられる形で始めた。そんなきっかけを思い出しながら、伊吹は自分の取るべき態度を決めた。これでタケコの面倒を見なくてよくなると、ほっとしてみせるのが正解だろう。

そう思い、口を開こうとした伊吹に、タケコは「だから」と続けた。

「秀ちゃんもヒライ芸能の社員になって貰うわよ」

「………え？」

「社長と二人で会ってたのは、秀ちゃんに関する条件を呑んで貰う為だったのよ。あたし、秀ちゃん以外の人にうるさく言われるなんて耐えられないし、無理だもの。あたしがヒライ芸能にいる限り、秀ちゃんをマネージャーにつけて貰う約束を取り付けたから」

「ちょ…っ…待てよ、タケ。俺は…」

「秀ちゃんだって、そろそろ今後のことを考えなきゃいけない時期に来てるのは分かってるでしょ。警察辞めて三年も経つんだし、この辺りで再就職するべき。社員になれば給料だって貰えるから生活だって安定するわよ」

伊吹にとっては唐突過ぎる話で、何を言えばいいか分からなかった。そこへスタッフがタケコを呼びに来る。時間ですのでお願いしますという声に応え、タケコはおしぼりで手を拭いて立ち上がった。

「行司くん、時間ある？　終わったらご飯食べに行かない？　そこで改めて話を聞くわ」

「あ、はい。待ってます」

よろしくね〜と手を振りながらタケコが出て行くのを呆然と見ていた伊吹は、ドアが閉まると大きな溜め息を吐き出す。楽屋中に響くようなその音を聞き、行司が心配そうに「大丈夫ですか？」と尋ねた。

「…ああ。ちょっと…びっくりしただけだ」

「タケコさんって、本当に伊吹さんのことを想ってるんですね」

しみじみとした物言いは嫉妬めいたものではなかったが、気にはなる。ちらりと見上げた伊吹の視線を感じた行司は慌てて首を振り、変な意味ではないと否定した。

「疑ってるとか、そういうんじゃなくてですね……。この前も伊吹さんの携帯にタケコさんが出た時に…うまくいって欲しくないけど、伊吹さんの為になるのなら、うまくいくように願ってるって言われたんです」

「……」

タケコの物言いはいつもひねくれているので、行司の説明も分かりにくかったが、ニュアンスは十分に伝わった。どんなに辛辣な物言いをしても、タケコは心底から自分を心配してくれている。苦笑して煙草を咥えた伊吹は、立ったままの行司に座るよう勧める。

「まあな…。タケはなんだかんだ言って、俺のことを一番に考えてくれてるんだ」

芸能プロの一件だって、自分に相談すれば一緒に就職云々の話を断ると分かっていたから、契約まで話を進めた時点で打ち明けようと考えたのだろう。将来について、漠然とした不安は抱えていたが、今更したいこともなくて取り立てて展望はなかった。タケコが考えてくれなかったら、たぶん、一生宙ぶらりんのままだったろう。

火を点けた煙草を咥えて考え込む伊吹の隣に座った行司は「一番ですか」と小さな声で呟く。寂しげな雰囲気を感じ、伊吹ははっとして横を向いた。

「誤解するなよ。一番っていうのは…あいつの方が」

「でも、伊吹さんもタケコさんのことを『一番』に考えてると思います」

「……」

そんなことはない…と即座に否定は出来なかった。タケコとの間には確かで強固な信頼関係がある。けれど、それは家族のそれと似ていて、行司との関係とは別物だ。誤解を膨らまさないように、どうやったらうまく説明出来るだろうと考えていたが、うまい言葉が出て来ない。

すると、行司が小さな笑みを浮かべて「分かってます」と言った。

「疑わなきゃいけないような仲じゃないってことは。それに…俺はタケコさんとは違う存在になりたいと思ってますから…」

「……」

「ただ、違うって言っても……タケコさんと同じくらい、大切に想ってくれたらいいなって……いつか……でいいので……」

自分の考えを説明する行司の言葉は次第に途切れていき、それに伴って、横顔が赤く染まっていく。恥ずかしい台詞を口にしているという自覚があるのか、俯いて「何言ってんですかね」と自虐的に呟く行司を見ていた伊吹は、深々と溜め息を吐いた。

指先に煙草を取り、灰皿へ押しつける。伊吹の溜め息を聞いて、少し不安げな顔を上げた行司を迷わず引き寄せた。

「…い…ぶきさ…ん…」

「…一番にさせてくれ」

行司の耳元で囁くと、細い身体がびくりと震える。さっと赤く染まる耳に欲望を覚え、唇で耳殻を優しく食んだ。そこが自分の弱点だと分かりかけている行司は、慌てて「駄目です」と制するが、伊吹は笑って大丈夫だと返す。

「タケはあと一時間は戻らないいし、誰も来ない」

「でも…っ…」

こんなところで…と言いながらも行司は強く追いやろうとはしない。都合よく、座っているのはフロアから一段上がった畳敷きの小上がりで、押し倒せる余裕は十分にある。キスだけ…と低い声で誘惑を吹き込みながら、伊吹は行司の身体をそっと横たえた。

「……伊吹さん…」

戸惑いと期待に揺れる瞳で行司が見上げて来るのに笑い返し、伊吹はキスをする為にゆっくり身体を屈ませる。唇が重なろうとした…その時だ。

「ちょっと、研二いる⁉」

「‼」

バンと音を立てて勢いよくドアが開かれるのと同時に、何もかもを破壊するような光代の怒鳴り声が響いた。咄嗟に起き上がることも出来ず、行司の上に覆い被さったままの伊吹と目が合った光代は驚愕の表情を浮かべ、「失礼！」と叫ぶように詫びて出て行ったのだが…。

「い、伊吹さん～」

「…あの姉弟……」

何処まで邪魔をする気なのだとタケコと光代に対する呪詛《じゅそ》を呟きながら、怯えている行司を抱き締める。これくらいでへこたれてなるものかと、改めて唇を重ね、少しずつ増えていく行司との時間を糧に特別な未来へ思いを馳《は》せた。

あとがき

こんにちは、谷崎泉《たにざきいずみ》でございます。「君の秘密」をお届けしました。お楽しみ頂けましたでしょうか？

ちょっと不器用そうな行司と、訳ありの伊吹との恋を事件を絡めて書いてみました。お互いが最初は考えてもいなかった恋心を抱き始めるお話というのは書いている方も楽しいものでして、うまくいくといいなあと願いつつ、書き進めておりました。

そして、今回のナイスキャラ大賞はタケコさんでしょうか。お姐さんらしい存在感で、お話自体を引っ張ってくれたような気がします。タケコさんだけじゃなく、光代さんもですね。強烈姉弟、無敵だと思います。

そして、そんな二人を見事に描いて下さったのは、高橋悠《たかはしゆう》先生です。ラフを頂いた時、伊吹と行司の素敵さにも小躍りしましたが、武山姉弟には「おお」と声を上げてしまいました。まさに、こんな感じ。想像通りでございます。

しかし、BLの挿絵としては如何なものかというキャラなのも事実かもしれません。そんな二人でさえも素敵に描いて下さって、感謝しております。高橋先生、ありがとうございました。

社会に出て働き始めて、懸命に毎日を過ごしても行き詰まることってあると思います。

そんな時にタケコさんみたいな人に話を聞いて貰って、諭して貰うっていうのも、しあわせなんじゃないでしょうか。

細々とした編集業務をこなして下さった、担当さん。最後までお読み下さった読者さま。ありがとうございました。少しでも心に残るお話であるよう、願っております。

冷たい雨の日に　　谷崎泉

タケコと光子描くの楽しかったです!
伊吹と行司も楽しかったです! …けどインパクトがー(笑)。
高橋悠

ガッシュ文庫

君の秘密
（書き下ろし）

谷崎 泉先生・高橋 悠先生へのご感想・ファンレターは
〒102-8405 東京都千代田区一番町29-6
（株）海王社 ガッシュ文庫編集部気付でお送り下さい。

君《きみ》の秘密《ひみつ》
2013年12月10日初版第一刷発行

著　者　谷崎　泉 [たにざき いずみ]
発行人　角谷　治
発行所　株式会社 海王社
〒102-8405　東京都千代田区一番町29-6
TEL.03(3222)5119(編集部)
TEL.03(3222)3744(出版営業部)
www.kaiohsha.com
印　刷　図書印刷株式会社

ISBN978-4-7964-0513-3

緑水館《グリーンアクアクラブ》であいましょう
IZUMI TANIZAKI
谷崎 泉
いつか、カメレオンより
好きになってくださいね
Let's meet
in the
green aqua club
楢崎ねねこ
NENEKO NARAZAKI
急遽、ペットショップ「緑水館」爬虫類部門に配属になってしまった江原の悩みは、苦手なヘビと、冷たい印象の常連、瀬戸である。多頭飼いするほどカメレオンを愛している瀬戸は、専門知識の乏しい店員の江原を明らかに軽蔑しているようで…。だが、接するうちに瀬戸自身の素直さに触れ、江原は少しずつ彼に好意を持ち始める——そんな矢先、「カメレオンの世話をしてくれ」と懇願され、一週間、彼のマンションに住むことになり!?

KAIOHSHA　ガッシュ文庫

ようこそ。

谷崎 泉

イラスト／高城たくみ

冴えない独身四十男の大黒谷は、ひとまわりも年下で天然のゲイ・西舘ステラの世話をあれこれ焼くハメに！ 元モデルで超美形だけど怠け者のステラの汚部屋を片付けたり、将来を考えろと助言したり…する事一つ一つに感動するステラに振り回されっぱなしの大黒谷。だが、次第にステラの純真さに惹かれるようになって――。

恋の仕方

谷崎 泉

イラスト／楢崎ねねこ

新米美容師の朝陽は、必死で仕事をこなす毎日を送っていた。ある日、なじみの飲食店でエリートリーマンの重森と出会う。優しく誠実な好意を朝陽に寄せてくる重森。だが、朝陽には、かつて恋人に振り回された辛い過去があった。それでも、周囲の助けもあって重森との恋を育む決意をする。そんな矢先、朝陽の前に元彼が現れ――!?

華蜜の斎王

谷崎 泉

イラスト／稲荷家房之介

疾風の国の王子・青嵐は、密命を受け、幻の国といわれる華蜜の国へと旅立ち、辿り着いたその国で人目を避けるように幽閉されていたイリスと名乗る青年と出会う。純真無垢なイリスを、愛おしく思う青嵐。逢瀬を重ねるうちに、イリスも闊達な青嵐に惹かれていく。だが過酷な運命が立ちはだかり――。壮大なデスティニーロマン！

KAIOHSHA　ガッシュ文庫

隠し神の輿入れ

沙野風結子

イラスト／笠井あゆみ

幼い頃に神隠しにあった経験から人に馴染めない大学生の依治。雨の日に黒猫を拾い、翌朝目覚めると野性的な美貌の男にのし掛かられていた。彼・藍染は山の守り神だと言い、依治に会いにきたと迫る。依治から力を補充しなければ人型を保てないと、きわどい接触をしてきて……。気高き獣神と孤独な青年、禁忌の交わり――。

白銀の狼と甘やかされた獲物

水島 忍

イラスト／みろくことこ

大学生の颯は、近くの海辺で、写真家で美しい銀髪のディーンと出会う。野獣のような琥珀色の瞳に射抜かれ、颯はまるで運命の出会いみたいに、胸の高まりが抑えられない。ディーンはとても優しかった。求められるまま恋人のようなつき合いを始めた颯だったが……。麗しい銀狼×臆病な獲物の年の差ラブ♥

麗しき獣たちの虜

今井真椎

イラスト／タカツキノボル

想いを寄せていた叔父に裏切られ人生に疲れた由希は、最後の思い出にと両親を亡くしたヒマラヤへと向かった。遭難し、目覚めると見知らぬ村で、ユキヒョウ族だという男たちがいた。彼らは由希に「花嫁」になれと迫り、愛を与えてくる。由希は彼らの愛撫に酔い……。孤独な青年は獣たちの花嫁となり、愛と悦楽に浸る。

ガッシュ文庫

小説原稿募集のおしらせ

**ガッシュ文庫では、小説作家を募集しています。
プロ・アマ問わず、やる気のある方のエンターテインメント作品を
お待ちしております！**

応募の決まり

[応募資格]

商業誌未発表のオリジナルボーイズラブ作品であれば制限はありません。
他社でデビューしている方でもＯＫです。

[枚数・書式]

40字×30行で30枚以上40枚以内。手書き・感熱紙は不可です。
原稿はすべて縦書きにして下さい。また本文の前に800字以内で、
作品の内容が最後まで分かるあらすじをつけて下さい。

[注意]

・原稿はクリップなどで右上を綴じ、各ページに通し番号を入れて下さい。
また、次の事項を１枚目に明記して下さい。

タイトル、総枚数、投稿日、ペンネーム、本名、住所、電話番号、職業・学校名、年齢、投稿・受賞歴（※商業誌で作品を発表した経験のある方は、その旨を書き添えて下さい）

・他社へ投稿されて、まだ評価の出ていない作品の応募（二重投稿）はお断りします。

・原稿は返却いたしませんので、必要な方はコピーをとって下さい。

・締め切りは特別に定めません。採用の方にのみ、３カ月以内に編集部から連絡を差し上げます。また、有望な方には担当がつき、デビューまでご指導いたします。

・原則として批評文はお送りいたしません。

・選考についての電話でのお問い合わせは受付できませんので、ご遠慮下さい。

※応募された方の個人情報は厳重に管理し、本企画遂行以外の目的に利用することはありません。

宛先

**〒102−8405　東京都千代田区一番町29−6
株式会社 海王社　ガッシュ文庫編集部　小説募集係**